文春文庫

ナースの卯月に視えるもの

秋谷りんこ

文藝春秋

目次

扉イラスト　かない
本文デザイン　野中深雪
ＤＴＰ制作　エヴリ・シンク

ナースの卯月に視えるもの

1　深い眠りについたとしても

　夜の長期療養型病棟は、静かだ。四十床あるこの病棟は、ほとんどいつも満床だというのに。深夜二時、私は見回りをするためにナースステーションを出て、白衣の上に羽織ったカーディガンの前を合わせる。東京の桜が満開になったとニュースで見たけれど、廊下はまだひんやりしている。一緒に夜勤に入っている先輩の透子（とうこ）さんは休憩に行った。

　足音に気を付けながら個室の冷たいドアハンドルに触れる。ゆっくり引き戸を開けると、シュコーシュコーと人工呼吸器の音だけが響いていた。室内は暖かい。懐中電灯で患者の腹部をそっと照らす。音にあわせて腹部が上下する。呼吸器に近寄って、設定の値がずれていないことを確認する。患者の喉へつながるチューブも絡んだりしているところはなく、異常はなし。気管切開のカニューレ、喉と呼吸器をつなぐ部品に付けられたガーゼが汚れているから、ベッドサイドにあるゴム手袋を装着して交換する。ゴミを常設の袋に捨て、点滴の残量と滴下を確認し、刺入部を観察する。最後に室内をぐるっと照らして完了だ。ドアの横にあるアルコールで手を消毒してから、静かに廊下へ出る。夜勤の看護師の仕事は、確認の連続だ。

ここ青葉(あおば)総合病院は、横浜市の郊外にある、このあたりでは一番大きな病院だ。入院病棟と外来があり、救命救急センターも設置されているし、手術も行う。訪問看護ステーションが併設されていて、地域との連携もしっかりしている。横浜駅から電車で三十分くらいと立地も悪くないうえ、周囲には自然も多い。

私が勤めている長期療養型病棟は、急性期を脱してからの療養に特化した病棟だ。在宅に向けてリハビリをしている人もいるが、病棟で亡くなる患者も多い。死亡退院率、つまり病棟で亡くなる患者が、一般的な病棟では八%程度なのに対し、ここは四十%と言われている。前向きにリハビリに取り組める状況にある人ばかりではない分、悟ったような、諦めたような気持ちで過ごす患者も少なくない。帰りたくても、病状や家庭の事情で帰れない人も多い。見守る家族にも、いろんな方がいる。

そんな病棟だからこそ、なるべく心地よい環境で過ごしていただきたい。朝になったら換気をして、春の気持ちいい風を部屋に取り込もう。

次に見回りをするのは男性の四人部屋で、意識のない患者ばかりだ。意識がなければ、自分で自分の体を清潔に保つことはできない。患者の体やベッドの周囲をきれいにしておくことも大切な看護の仕事だ。それでも、人間が生活しているから、やはり少し臭うことはある。そもそも男性部屋と女性部屋では臭いが違う。生物学的な違いなのだろう。男性部屋は少し汗臭く、女性部屋はどことなく生臭い。人間の体臭は人によって違うのに、集まるとなんとなく男性と女性で分けられる気がするから不思議だ。

ドアから入って左手前は大岡悟（おおおかさとる）さんのベッドだ。五十歳の男性で、もともとは庭木職人だった。黒々とした角刈りと凛々しい眉毛が、目を閉じていても意志の強そうな印象を与える。頰のあたりにいくつもシミがあるのは、長年屋外の仕事に携わった証（あかし）だろう。大岡さんは、重症低血糖症のあとに意識が戻らず、長期療養型病棟に転棟してきた。

私はベッドの足側に立って呼吸の確認のために腹部を照らす。そのとき、喉まで出かかった悲鳴をなんとか飲み込んだ。とっさに足を一歩引いてしまう。そこに見えたのは、ベッドの柵を握っている小さな白い手。大岡さんの顔を照らさないように気を付けながら、手の持ち主にそっと光を当てる。ベッドサイドに、十歳くらいの女の子が立っていた。

あどけないかわいらしい子で、黒いサラサラの髪を二つに結っている。長袖の白いTシャツに、淡いピンク色のスカート。足元は、靴もスリッパも履いておらず、靴下だけだ。柵をぎゅっと握りながら、大岡さんのほうに顔を向けている。色白のほっぺたが柔らかそうだ。

私は、気持ちを落ち着けるために一つ大きく息を吐いた。夜中の病棟に子供がいるはずがない。夜勤の間は、最低でも一時間に一回は見回りをするけれど、さっきの見回りではどこにもいなかった。そしてよく見ると、うっすら透けている。何度視(み)てもやっぱり慣れない。そこにいるのは、本物の女の子ではなく、大岡さんの「思い残し」なのだ。

私はあるときから、患者が「思い残していること」が視えるようになった。これは一種の能力なのだろうか。そこにいるはずのない人、あるはずのないものを視てしまう。それは私にしか視えていないらしい。あたかもそこにいるかのように視えるのだけれど、触れたり交流したりはできない。私が一方的に視ているだけで、「思い残し」は私を認識していないのだろう。患者の思い残したもの、心に引っかかっているものが、立体的な絵となってそこに映し出されているような状態だ。

そして「思い残し」は、どうやら患者が死を意識したときに現れるらしい。私が「思い残し」を解消すれば、患者は思い残すことを一つ減らしてより安らかに闘病できる、と思っている。

ほかの部屋のすべての見回りを終えてから、もう一度大岡さんのベッドサイドへ行ってみる。女の子はやっぱりそこにいた。立ち止まってゆっくり眺めてみる。寂しそうな目をしている。この子はいったい、誰なのだろう。今どこで、何をしているのだろう。

ナースステーションへ戻り、中央に置かれた大きな円卓に座って、タブレットで大岡さんのカルテを確認する。

大岡　悟　五十歳　男性

【現病歴】

マンションの庭木の剪定中に脚立から転落。マンションの住人が発見し、一一九番通報。救急車到着時、ＪＣＳⅢ-３００。ＤＭの持病あり。搬送時のＢＳ28。骨折なし。左手に軽度の擦過傷。重症低血糖後の昏迷が続いている。四月四日、救急病棟より長期療養型病棟へ転棟。

【既往歴】

糖尿病（血糖降下薬内服あり）

ＪＣＳはジャパン・コーマ・スケールの略で、意識レベルを表す評価基準だ。Ｉ-０は意識が清明な状態。そこから数字が大きくなるほどに意識レベルは低下していく。大岡さんはⅢ-３００だから、ＪＣＳの中で一番大きな数字だ。つまりは、痛みにも反応しないほど重篤な意識障害に当てはまる。ＢＳとは血糖値のことで、空腹時の正常値が70〜100と言われており、70未満でふらつきや疲労感などが現れて、50を切るとけいれんや昏睡などの症状がでる。大岡さんの血糖値28は、死に至る可能性のあるとんでもなく危険な状態だったのだ。

　休憩へ行っていた透子さんが戻ってきた。

「卯月、休憩ありがとう。なんかあった？」

　透子さんに報告すべきこと、つまり看護師の仕事として報告することは何もなかった。

「特にないです。三〇三号室の呼吸器のガーゼ、交換しました」

「ありがとう。最近ちょっと痰が多いよね。あとで吸引しておくわ。……ん？　大岡さん、なんか気になるの？」

　透子さんが大岡さんのカルテをのぞいて言う。私は「思い残し」が視えることを職場の人に言っていない。

「ああ、低血糖って怖いなって思いまして」

「そうね。侮っちゃだめよねえ」

「搬送時、ＢＳ28ってめっちゃ怖いですよね」

「やばいよね。血糖降下薬飲んだあと、お昼ごはん食べなかったのかね」

　血糖値の上がりすぎを防ぐために、糖尿病の患者にはインスリンの自己注射や薬が必要だ。大岡さんは内服で調整していたようだが、内服したらすぐに何か食べないと、今度は血糖値が下がりすぎてしまう。

「マンションの木の剪定中に倒れたんですよね」

「らしいよ。前に面会にいらした職場の人に聞いたんだけど、すごく仕事熱心な人だったんだって。職人気質（かたぎ）っていうの？　真面目で几帳面。だから、剪定中に脚立から落ちるなんて、大岡さんに限って、って感じだったんだって。搬送時から完全に昏迷状態でしょう？　低血糖時用のブドウ糖、持っていなかったのかな」

「どうなんでしょうね」

カルテを改めて眺める。独身で家族はいない。仕事一筋の職人が、思い残している女の子とは、いったい誰なんだろうか。

透子さんは一つ大きく伸びをして、茶色く染めた長い髪を結い直し、くるりと丸めてネットに入れシニヨンにした。仮眠をしていたはずだけれど、アイメイクもきれいに整っている。

「それにしても、この病棟は本当に静かだねえ」

神原（かんばら）透子さんは去年オペ室から異動してきた七年目の先輩だ。まったく畑違いの科に来たことになる。明るい茶色の髪色も、オペ室時代の名残だろう。オペ室ではほとんどの患者には意識がない。手術前に、説明のために患者に会うこともたまにはあるようだが、基本的には全身麻酔で眠っている患者を相手にしている。だから、髪色の制限が緩めのところが多いのだ。そのかわり、清潔にはどの科よりも注意が必要だから、アクセサリーや爪の長さなど、厳しい部分は厳しい。透子さんのアイメイクがばっちりなのも、オペ室はいつもマスクをしている科だから目元だけは気合を入れる、と聞いたことがあった。長期療養はナチュラルメイクの看護師が多いから、科による違いは興味深い。

「まだ、慣れませんか？」

「うーん、だいぶ慣れたけど、夜勤やるとあまりに静かで、逆に不安になるよ」

たしかにこの病棟は静かだ。それは、良くも悪くも患者に大きな変化がないから。

「オペ室のときはさ、常にアラームとか機器の音がしてて、みんな走り回ってたよ。器械出しのナースに怒る先生もいたし、夜勤だと余計にみんな殺気立ってて、殺伐としてた。それに比べたら、ここはほんと静かだわ」

「走ることなんて、ほとんどないですからね。走ると患者さんを驚かせちゃいます」

「そうだよねえ」

怒号が飛んでも、走り回ってでも、目の前の患者の手術を成功させるということに全神経を注ぐオペ室と、長い目で少しでも安楽に過ごしてもらうことを考える長期療養型病棟では、時間の流れ方が違うのだろう。オペは長くても十数時間。一般病棟の入院の平均は二週間。ここ長期療養型病棟は、三ヵ月から六ヵ月が平均で、患者によってはもっと長い間入院している。私はそんな病棟で働き始めて、今年で五年目だ。

「じゃ、見回りしてくるわ」

透子さんはもう一度伸びをしてから、懐中電灯を手にした。

各々、自分の部屋持ちの見回りをして、看護記録をつける。もうすぐ午前三時。そろそろ私の休憩時間だ。夜勤の仮眠休憩は、だいたい一時間半くらいと決まっている。

「卯月の部屋持ちで何かやっておくことある？」

「いや、特にないですね。点滴の滴下確認だけ、お願いします」

「了解。じゃ、いってらっしゃい」

「はい。よろしくお願いします」

私は医療用ＰＨＳを透子さんに渡し、ナースステーションを出た。

休憩室へ行き、春雨ヌードルで夜食を済ませ、簡易ベッドで横になる。すっと眠りに落ちたと思ったら、スマートフォンのアラームが鳴った。仮眠はいつも一瞬に感じる。カーテンを開けると、春の霞（かす）んだ空が少しずつ白み始めている。朝の四時半。切りそろえたボブの髪をとかし、耳にかけてサイドをヘアピンで留める。「よし」と小さく声に出す。また今日も、当たり前みたいな顔をして一日が始まる。

夜勤の朝は忙しい。病棟の起床時間、六時になったら病室のカーテンを開けて、部屋が冷えない程度に窓を少しだけ開ける。ほとんどの患者は自分で洗顔ができないから、蒸しタオルで顔を拭く。点滴の交換、血圧や体温などのバイタルサインの測定、食前食後の与薬、血糖値の測定、ＴＦと呼ばれる経管（けいかん）栄養の管理、バタバタとしているうちに、日勤の看護師たちが出勤し始める。八時になれば引き継ぎが始まり、無事に交代だ。たくさんの課題に追われるなか、大岡さんのベッドサイドにときどき立ち止まって「思い残し」を眺める。心細そうな目をしている女の子は、実際ここにいるわけではない。でも、靴下のまま冷たい床に立ちっぱなしで、寒そうに見えてかわいそうに思えた。

今日の日勤には、新人の本木あずさとそのプリセプターの浅桜唯がいる。新人看護師は、最初の三ヵ月、プリセプターと呼ばれる教育係の看護師にぴったりとくっついて、指導を受けながら独り立ちを目指す。看護師の新人教育にはプリセプター制度が導入されている病院がほとんどだ。新人教育を通じてプリセプター自身の成長を促す仕組みにもなっているから、三年目から五年目の看護師に任されることが多い。ちなみに、浅桜は三年目だ。

本木は看護記録を見ながら熱心にメモをとっている。浅桜はプリセプターの経験が初めてで緊張しているのか、少し不安気な様子で本木に話しかけている。八時になって引き継ぎが始まると、本木は背筋をピンと伸ばしハキハキと受け答えをしていた。新人だからやる気があるのは大切なことだけれど、肩ひじ張りすぎないといいな、と思う。

夜勤明けは、眠気よりも脳の活気のほうが勝っていることが多い。一番眠いのは朝の四時から五時頃で、それを過ぎてしまうと、逆に脳が興奮してくるのだ。おそらく、本来ならば眠っているべき時間に活動しているから、自律神経のバランスがおかしくなるのだろうと思う。新人の頃、先輩たちから「夜勤明けのショッピングには気を付けて」と言われたけれど、今ならその気持ちがよくわかる。変なテンションで何でも買ってしまいたくなるのだ。妙に強気になってしまう。早く帰って休んだほうがいいのにどこかへ行きたくなるのも、夜勤明けのおかしな行動の一つだ。

「卯月、お疲れさん。朝マック行かない？」

夜勤明けは、食欲もおかしい。私は、大好きなあのテロンとしたホットケーキを想像する。甘いホットケーキとしょっぱいハッシュポテトの組み合わせは最高だ。朝マックは十時半までで、今はまだ九時。残業のなかった夜勤にだけ許される嬉しいご褒美。

「行きます〜」

即答しながら、透子さんと一緒に更衣室に向かって歩く。

「一晩平和で良かったね」

「はい。本当に」

ナースステーションを出るまでは決して口に出してはいけない言葉を透子さんが言う。勤務中に「今日は平和だ」と口に出すと必ず何か起こると言われているのは、おそらくこの病院だけじゃないはずだ。看護師界隈では都市伝説のように語り継がれている。だから、勤務中は決して「なんか今日平和だね」なんて口にしない。本当に何事もなく無事に勤務を終え、ナースステーションを出てから初めて「平和で良かった」と穏やかな勤務への感謝を噛み締めるのだ。

更衣室に着くと、まだ夜勤明けの看護師は少なかった。残業しているのかもしれない。私は何事もなく日勤に引き継ぎができて良かったと思いながらも、大岡さんの「思い残し」について考えていた。


「職人がお昼を食べるのも忘れて脚立から落ちる原因？」

マックに着いて、透子さんがホットコーヒーを啜(すす)りながら言う。

「はい。職人気質だったんですよね。真面目で几帳面。それなのに、薬を飲んだあと食事をとらずに脚立に登るでしょうか。Oさんが飲んでいたのは即効性のある薬だったから、食直前に飲むタイプだったはずです。ブドウ糖も飲まなかったみたいだし……」

ナースステーションを出たら、患者の名前は出してはいけない。看護師には守秘義務があるからだ。ましてや外食中に話していいことではない。私は、まわりに聞こえないように声を抑えて、透子さんと会話する。

「うーん。木の剪定を急いでいたとか？」

「そんなに急ぐ剪定なんてありますかね」

「じゃあ、何かほかのことに気をとられていたとか？」

「ほかのこと……」

「例えば、薬を飲んで、お昼ごはんを食べようとしたときに、猫がベランダから落ちそうになっていた、とか？」

透子さんは「ちょっと無理があるか」とつぶやいてから「ああ、足だるい」と黒いスキニージーンズの上からふくらはぎをもんだ。夜勤は十六時から翌朝九時までの長時間労働だ。足はむくむし、だるくなる。

私は大岡さんのことを考えながら、温かいホットケーキにシロップをたっぷりかけた。しっとりした生地にバターとシロップが染みていく。一口食べると、疲れた体に糖分が沁みわたる。朝マックは夜勤後に食べるのが一番美味しいと思う。

「なんかさ、どんなに丁寧に看護をして穏やかに過ごしていただいたとしても、結果的に在宅に戻れなかったり、亡くなったりするのって、どうなんだろうね」

透子さんは、少し真面目な顔で言った。

「どうっていうのは？」

「Oさんは、もう回復の見込みがないわけでしょう。私はずっとオペ室だったから、手術の途中にどんなにバタバタしても、走り回っても、医者に怒鳴られても、患者さんの手術が成功すれば良かったわけ。でも、長期療養にいると、どんな看護を提供したとしても、亡くなる人は亡くなるし、回復しない人も多い。もちろんそれはオペ室も同じなんだけど、オペ室の場合はその途中経過を患者さんもご家族も絶対に見ないからさ。結果に加えて、途中経過の大事な科って難しいなって最近思うんだ」

たしかに、大岡さんはもう目を覚ますことはないだろう。でも、だからこそできることもある、と私は思う。

「根本的なことは変わらないと思いますけど……たしかに、オペ室は治すことを目的としていますからね。長期療養は、完治の見込みのない方ばかりですし……」

「どっちが良くてどっちが悪い、なんてないんだけどね。ただ、全然違うなあ、ってまだ思う」

そう言って透子さんは、ソーセージマフィンに齧りついた。

私は長期療養型病棟でしか働いていないから、ほかの科で働いてきた人と看護観が違ってくるのは当たり前だと思う。

透子さんと別れて、歩いて家に帰る。マックの前の通りの桜は、満開だ。今日は朝から日差しが眩しい。青い空を見上げると、春の風にちらちらと散る花びらが光る。大岡さんもこんなふうに木々を見上げて、きれいだと思っていたのだろうか。私は意識のない大岡さんにしか会ったことがない。自分で完璧に剪定した庭木を見上げて美しいと満足するとき、どんなお顔で笑ったのだろう。お元気だったときは、どんな人だったのだろう。完治する見込みのない患者と接することは、ときどきすごく切ない。

「ただいま」

家に帰って、テレビ台の上に飾ってある写真に話しかける。

アフロみたいなチリチリのパーマを頭のてっぺんでお団子にして、ゆるゆるのTシャツを着た千波(ちなみ)の写真。三門(みかど)千波は同じ看護学部の友達で、働き始めてからすぐに一緒に住み始めたルームメイトだ。血液内科で働いていた看護師だった。

この写真を撮ったときのことはよく覚えている。二人でみなとみらいに遊びに行って、観覧車の中で撮影したものだ。「高くて怖い」という私をからかって、千波はわざとゴンドラを揺らした。「やーめーて！」と怒る私に「ごめん、ごめん」と言って笑いながら向かいに座ったその顔があまりにも優しくて、思わずスマートフォンを向けたのだ。カメラを起動して、シャッターボタンを押す指が震えた。この瞬間を、景色も音も匂いも高いところの恐怖心さえも、何もかも保存しておきたい。世界には私たち二人しかいないのではないかと思った。春の夕暮れで、水色とオレンジの混ざりあったような空の色が忘れられない。

「今日、また『思い残し』を視たよ」

美しい空を背景にした笑顔は何も言わず、ただそこにいてくれる。

「大岡さんがしゃべれれば良かったのにって、ちょっと思っちゃうよ。意識が戻らない人だからこそできる看護はあると思うし、ありのままの姿を尊重することが大事って頭

ではわかってるけど、自分の声で伝えたいことが何かあったのかなって思っちゃって

……ダメだね、私」

ぼそぼそと言う私に、千波は写真と同じような優しい顔を向けて笑ってくれるだろう。

「ダメなんてことないよ。そう思っちゃうときも、あるよ」。きっとそう言って、励ましてくれる。千波はどんなときでも、私を否定しなかった。

「ちょっと寝るね、おやすみ」

写真に声をかけてソファに横になる。シャワーを浴びたい気もしたが、朝マックで食欲が満たされたせいか急激に眠気が襲ってきた。目を閉じると、瞼の裏に観覧車から見たグラデーションの空が浮かんでくる。淡い空気に包まれるような感覚がして、そのまま眠りについた。

目を覚ますと、室内はまだ明るくて、どのくらい寝ていたのかわからなかった。スマートフォンに手を伸ばすと、十五時二十分と表示されている。夜勤明けで何もせずに一日眠ってしまうと損をした気になる。

「ああ、寝すぎたかなあ……」

つぶやきながら体を起こす。目をこすると、落とさずに寝てしまったマスカラの欠片がぼそぼそと指についた。ゆっくり立ち上がって洗面所へ向かう。鏡の中には、夜勤明けの疲れた顔。千波はいつも「咲笑は童顔でいいなあ」と言ってくれたけれど、今日の

前にいるのは、マスカラの滲んだ、痩せたカエルみたいな丸顔だ。

服を全部脱いでお風呂場へ行き、オイルのメイク落としで顔をこする。熱いシャワーを頭から浴びて、顔も一緒にすすぐ。お湯はいつもいい匂いがする。温かい湯気で肺を満たすと、ようやく体が目覚めてきた。

大岡さんが転落したときの状況を詳しく知ることができれば、「思い残し」についても少しわかるかもしれない。私はシャンプーをしながら、救急で働いている同期の顔を思い浮かべていた。

「卯月の言ってた患者さんだけど、グレイス港台ってマンションで作業していたみたいだね」

同期の高原良介は、枝豆を口に入れながらおっとりとしゃべる。愛想のいい優しい男だ。私の兄はサンボマスターというバンドが好きなのだけれど、この同期はそのサンボマスターのボーカルに似ているという理由で、私は勝手にサンボと呼んでいる。ちなみに、本人はサンボマスターを知らない。

「グレイス港台って、病院の近くの？」

「そうそう。茶色いレンガっぽい壁のマンションあるじゃん。あそこ」

サンボはビールを飲み干して、店員を呼ぶボタンを押した。日勤だったサンボは、私が大岡さんのことを知りたいと連絡すると、仕事後に会う約束をしてくれたのだ。私は、サンボの好みに合いそうな居酒屋の個室を予約した。

「倒れていたのは、エントランス近くの歩道って書いてあったよ。通報したのは住人で、歩いてマンションに向かっているときに脚立に登っていたOさんを見ていたらしい。そんで、剪定の業者さん来てるんだ〜って思いながら歩いていたら、Oさんがよろけて落ちたんだって。だから、慌てて駆け寄って、救急車を呼んだ、と」

「だから、脚立から転落したってはっきりわかったのか」

目撃者がいたわけだ。

「そうそう。で、Oさんはスマホを持ったまま落っこちたらしいよ」

「スマホを持ったまま?」

「うん」

サンボの注文したビールのおかわりが届く。患者の話をしている手前、店員がいる間はすっかり黙るから妙な客だと思われているかもしれない。

「けど、卯月はなんでそんなこと気にすんの」

私はウーロン茶のストローをぐるぐるまわす。氷がほとんど溶けて、薄まったウーロン茶をのぞきながら「なんとなく」とごまかす。サンボにも「思い残し」のことを話したことはない。

「あんまり一人の患者さんに強く肩入れしないほうがいいよ」

サンボが鶏肉のからあげをワシワシ噛みながら言う。

「うん、それはわかってる。ありがとう」

どこの科にいても、個人的に特定の患者に肩入れするのは良くない。冷静に看護ができなくなるし、公私混同してしまうこともあるし、医療に何も良いことがない。看護師はあくまでも医療者として患者と接していなければならないのだ。それでもやっぱり、割り切れないことも多い。それがわかっているから、サンボも忠告してくれたのだろう。

「そういえば、加藤(かとう)は元気にしてる？」

加藤比香里(ひかり)は私のプリ子だ。つまり私が加藤の教育係、プリセプターだったのだ。プリセプターの下で指導を受ける新人を「プリセプティ」というのだけれど、現場では「プリセプターの子供」という意味で「プリ子」と呼ばれる。加藤は今、救急でサンボと一緒に働いているはずだ。

「加藤ね！　元気だよ。元気すぎるよ。気が強くて、先生たちにも食ってかかるから、頼もしいけどヒヤヒヤするよ」

サンボが苦笑する。拳(こぶし)を強く握って医者に反論する加藤の姿が目に浮かぶようで、笑ってしまう。

「加藤は、もともと救急の希望だったんだろう？　それなのに長期療養に配属になったわけで、プリセプターやるの大変だったんじゃない？」

「うん、最初はね。希望と違う科に配属されるだけで、やっぱりちょっとモチベーション下がるじゃん。でも、長期療養には長期療養のいいところがあって、それは今後どこの科に行っても役に立つよってことは、伝えたつもり」

「それは伝わったんじゃないかな。加藤は、救急にきて二年目だけど、患者さんの『疾患』だけじゃなくてちゃんと『人』を見ていると思う。何より患者さんのことを一番に考えて、しっかり寄り添ってる。長期療養で学んだことが活きてると思うよ」

「それなら、良かった」

加藤は自分の〝正義〟を持っていた。だから、その正義と食い違う人とは、真正面からぶつかった。「自分の信じることが必ずしも正しいとは限らないよ」とたしなめると、

「そんなことはわかってます。でも、自分の正しさと相手の正しさをしっかりぶつけ合いたいんです。そうしないと、相手の思いが見えません。ぶつかってみて初めて、相手の正義を私も受け入れられるんです」と言った。

加藤が長期療養にいた一年目。ある個室の患者のベッドサイドに、ポータブルトイレを設置することになった。その患者には片麻痺があり、看護師の介助がなければ車椅子に移乗できない。しかも、麻痺によって便秘になりやすいため下剤を内服しており、トイレが頻回だった。車椅子に乗って行くより部屋に置くほうがいい、という話になったのだ。

そのことに、加藤は強く反対した。

「ナースの手間を減らしたいっていうことですか？　それって、本当に患者さんのためになりますか？　車椅子に乗れば離床の時間も増えますし、リハビリにもなります。そもそも、個室とはいえ、お食事をとる部屋にずっとトイレがあるのって、気分悪くないですか？」

加藤の意見は一理あった。しかし、特に人の少ない夜勤帯は、わざわざ車椅子に乗せる時間がないのも事実だった。

「ナースの手間だけじゃないよ。車椅子を使えば、そこからまたトイレにも移乗しなきゃいけないんだから、患者さんだって疲れるでしょう。それに、間に合わなかったら下着も汚れちゃう。夜はお部屋で楽に済ませたいって思うこともあるんだよ」

私は説明した。加藤は、真剣に聞いていた。ほかの看護師もさまざまな意見を出し合い、結局、夕食後から朝食前まで室内にトイレを設置する方向で決まった。看護に完全な正解はない。患者の病状や個別性を考慮し、みんなで話し合って、良いと思われる方法の中から実現可能なものを選んでいく。

このとき、加藤を「一年目のくせに生意気」と思った先輩もいたかもしれない。でも、加藤にとって大切なのは、同僚の評価よりも患者への看護なのだ。

たしかに気の強い子だったな、と思い出す。私は私の正義を、ためらわず誰かにぶつけられるだろうか。サンボがジョッキを傾けてビールを飲み干す。

「ねえ、帰りに、ちょっとだけグレイス港台に寄ってみてもいい?」

サンボは私をちらりと見てから「いいよ」と言った。

グレイス港台は、交通量の少ない道路沿いに建つおしゃれなマンションだ。見上げると七階まであった。各階に十部屋あったとして、全部で七十世帯ぐらいか。茶色いレンガ風の壁はところどころ色が変わっていて、新築ではないらしい。外塀は低いブロックでその上にフェンスが立っている。建物の左端に幅の広い階段が数段あり、その先がエントランスだ。エントランスに向かって右横、フェンスのすぐ内側に、一本の大きな木が立っている。

私はエントランスの近くの歩道に立つ。

「この木の剪定だったんだな」

フェンスを越える高さまで大きく成長していて、何という種類の木なのかわからないが、夜風に葉が揺れて涼し気だ。大岡さんは歩道に倒れていたそうだから、このあたりに脚立を置いて作業をしていたに違いない。

「そうかもね。きれいに剪定されている様子だから、大岡さんの事故のあとに別の人が作業したんだね」

「うん」

誰かが事故や病気で倒れても、やらなければならないことがなくなるわけではない。大岡さんが意識を取り戻さずに寝たきりになっていても、木は成長するし、マンションの管理は必要なのだ。どこで誰かがどうなっても、世界は変わらずに動いていく。どこからか飛んできた桜の花びらが、数枚舞って落ちていった。

「歩道のこの辺に脚立を置いたとして……脚立って何メートルくらいだろ」

ブロックに登り、フェンスに手をかけて数歩よじ登ってみる。黒っぽい格子状のフェンスは、ぎりぎり足をひっかけて登ることができた。

「ちょっと卯月、気を付けてよ」

サンボが声をかけてくる。

「うん、大丈夫」

もし「思い残し」につながるヒントがあったら忘れちゃいけないと思ってお酒は飲まなかったから、と心の中で付け足してフェンスをつかむ。一階は歩道より少し高い位置にあるから、フェンスを登らないと中までは見えない。数歩登って、ぐっと首を伸ばしのぞき込む。この位置からだと、一階に並んだ部屋のうち、一番左の部屋しか見えない。

大岡さんが見たとしたら、この部屋だろう。だが、カーテンがぴったり閉じられていて、室内の様子は見えない。大岡さんが昼食を食べないほど気にしたことが、見つかるかもしれないと期待していたのに。

「なんかあったか？」

サンボが声をかけてくる。少し粘って窓やその周囲を見たけれど、何の動きもない。

「いや、ないね」と答えて、慎重にフェンスを降りた。

「探偵ごっこはそのくらいにしておきな。俺たちがやらなきゃいけないのは、原因の究明じゃないだろう？」

サンボがもっともなことを言う。

「わかってるよ」

わかっている。私たちがやらなきゃいけないのは、入院している患者の看護であって、「思い残し」の解消ではない。でも、視えてしまったんだもの。解消しないと、気が済まない。諦められる気はしなかった。でも、これ以上サンボに迷惑をかけるわけにはいかない。

「帰ろうか」

私の言葉に、サンボは少しホッとしたような顔をする。二人で涼しい春の夜を歩いた。

家に帰って、千波の写真を眺めながら、私は一つ小さくため息をつく。千波のいない部屋は、とても広く感じる。

病棟の談話室で、車椅子に乗った患者と付き添いのご家族が窓から外を眺めている。天気が良くて、空がきれいな日だ。この季節は病院前の桜がよく見えるから、気分転換になるだろう。

十四時過ぎ、この時間帯は面会者が来始めて、一日の中で一番病棟が賑やかになる。大岡さんはご家族がいないから、面会者はほとんど来ない。ときどき元同僚が顔を見に来ているみたいだけれど、私はまだ会ったことがない。談話室を過ぎて、大岡さんの部屋へ行く。サンボとマンションに行ってから二日が経っていた。

「足の運動しましょうね」

私は声をかけながら、ベッドサイドへ近付く。「思い残し」の女の子がちょうど正面にいる。ぴったり閉じられていたカーテンを思い浮かべる。答えのない疑問が、頭の中にうずまく。

「思い残し」から目をそらし、大岡さんの掛け布団をゆっくりはぐ。ずっと寝たままだと、さまざまな体の機能が衰えていく。寝ているだけで、合併症が増えていくのだ。中でも、深部静脈血栓症は命に関わる恐ろしい合併症だ。エコノミークラス症候群という名前が一般的だろう。その予防のために、患者には弾性ストッキングと言われる着圧靴下を履いていただくことが多い。でも、大岡さんは糖尿病の症状により、これを履くとかえって末梢の循環が悪くなってしまう。だから、他動運動と呼ばれる、他人の手による運動が必要なのだ。

他動運動は特別難しいケアではない。でも、ササッと雑に済ませては充分な運動にならない。丁寧にやらなければ効果が低い。

右手で大岡さんの足首を、左手で膝を持ち、ゆっくり膝を折り曲げるようにしてお腹へ近付ける。伸ばして、また折り曲げる。それをゆっくり繰り返す。長年の庭木の剪定を支えた、職人の足だ。大岡さんが立って、歩いて、踏ん張って、働いてきた足。きっと、前はもっと丈夫だったのだろう。今は、ふくらはぎの筋肉はだいぶ痩せ、色は白く、脛（すね）は細くなってきている。でも、この足が今の大岡さんの足なのだ。

「大岡さん、頑張っているでしょう？」

「思い残し」の女の子が、見守ってくれているような気がして、思わず声をかける。やはり反応はない。私が一方的に視えるだけで、何の交流も持てないのだ。

ベッドの反対側に移動し、同じようにもう片方の足も運動させる。すぐ隣に女の子がいる。大岡さんの足を曲げたり伸ばしたりしながら、早くあなたのことも見つけるからね、待っていてね、と心の中で伝える。

目を覚ますと、遮光カーテンの隙間から陽が細く差し込んで、埃（ほこり）がきらきらと光っている。壁にかかった時計に目をやると、十時を過ぎていた。休みの日はつい寝坊をしてしまう。のろのろとベッドから出る。

「俺たちがやらなきゃいけないのは、原因の究明じゃないだろう？」

サンボに言われたことが頭の隅に残っている。わかってるよ、と思いながら、昼間のマンションの様子だけでも見ておこうと思った。

食パンにハムをはさんだ適当な朝食を済ませ、家を出る。今日はぽかぽかと暖かい。グレイス港台までは歩いて二十分くらいだ。自宅アパートの前にある桜の木から、花びらが舞っている。植物と土の匂いと、湿気の混じったような春特有の甘やかな風。何か少しでもわかるといいのだけれど、と気が急いて、歩くのが速くなる。マンションに着く頃には、すっかり体が温まっていた。今日は一人だし、不審者に思われたら困る。あまり長いことフェンスに登っていられないから、さっと確認して素早く降りた。天気の良い昼間なのに、カーテンがぴったりと閉じられたままだったし、洗濯物も干されていなかった。さあ、どうしようか。私が思い込んでいるだけで、この部屋と大岡さんの「思い残し」の女の子は無関係なのかもしれない。いや、どんな人が住んでいるのかだけでも、調べてみてもいいかもしれない。でも、マンションに入ったら不法侵入になってしまうのだろうか。エントランス前でしばらく悩む。オートロックのないマンションだから、入ろうと思えばすぐに入れそうだ。ベランダの位置から、部屋もわかるだろう。

私は、加藤の「自分の正しさをぶつけたい」という言葉を思い出す。そうだ。まずは自分が正しいと思うことをやる。やってみて、うまくいかなかったり失敗したりしたら、そのときはまた別の正しさを探せばいい。そう言い聞かせ、エントランスの階段を上った。

マンションは直方体の「ようかん型マンション」と呼ばれる作りだ。エントランスホールを過ぎると右手に外廊下が長く続いている。エントランスに一番近い部屋が、例の部屋だ。一〇八号室。表札は出ていない。静かで、室内から人の気配は感じない。家族住まい用のマンションに見えるが、一人暮らしなのだろうか。ほかの部屋の前には、子供用の自転車が置いてあったり、複数の傘が立てかけてあったりするけれど、一〇八号室の前には何もなかった。

廊下の奥の部屋から女性が出てきて歩いてくる。私は、スマートフォンを取り出していじるふりをした。じっと立ち尽くしていてもスマートフォンさえ見ていれば「スマホを見ている人」になれるから便利だ。女性は私のことはまったく気にしない様子でエントランスから出ていった。それ以外に人の動きはない。意を決してマンションの中まで入ってみたけれど、何の収穫もなかった。仕方なく私は来た道を引き返す。空を見上げると、意地が悪いほどによく晴れている。

ほかに予定はなかったから、家に帰るとついダラダラしてしまう。ソースであえるだけのパスタで遅い昼ごはんを済ませ、ハマっているドラマをチェックする。ラブコメで、主人公が恋人の浮気を見つけたところまで見ていた。ソファにだらしなくよりかかって続きを再生する。でも、「思い残し」のことが気になってあまり集中できなかった。

外が薄暗くなってきたので、部屋のカーテンを閉める。そこではたと思いつく。もしかしてこの時間なら、仕事に行っていた住人が帰ってくるかもしれない。

十九時を過ぎた頃、またマンションに来てみた。日が暮れるとぐっと気温が下がる。外はすっかり暗いが、マンションの中は明るい。エントランスホールにあるソファに座って、スマートフォンをいじるふりをしながら時間をつぶした。一時間も経っただろうか。

「あの、何か?」

突然声をかけられて驚いた。管理人室の受付窓から、キリッとした印象の初老の女性が顔をのぞかせている。チェーンのついた細い金縁の眼鏡をして、いぶかし気にこちらを見ている。私は、慌てる気持ちを抑えて何でもない風を装った。

「ああ、知り合いと待ち合わせなんです。少し遅れてるみたいで」

そう言って、私はスマートフォンを軽く持ち上げてみせた。あたかも、今連絡をとっていた、という風に。

「……そうですか」

管理人さんは受付窓から頭をひっこめた。サンボの言葉が頭によみがえる。自分でも何をしているのだろうと思った。こんなことをしても何の意味もないのかもしれない。

そのとき、エントランスから中年の男性が入ってきた。郵便ポストを見ているから、マンションの住人らしい。不審に思われない程度に目をやる。会社員風で、スーツは少しくたびれて見える。薄い頭髪を撫でつけたような髪型で、疲れているのか足取りは重く、表情は冴えない。黒いビジネスバッグとビニールの袋をぶらさげて、廊下を右へ曲がり、一番近い部屋、一〇八号室の鍵を開けて入っていった。あの人が一〇八号室の住人か！　顔は覚えた。ぶらさげていた袋にはKマートと書いてあった。この近所にある小さなスーパーだ。住んでいる人を見られただけでも収穫だ、と少し興奮しながらマンションを出る。夜空に、ぼんやりと半月が浮かんでいた。

翌日もよく晴れている。お昼休み、休憩室に行くと先に休憩に入っていた後輩の山吹（やまぶき）奏（かなで）が、椅子にだらしなく座ってサンドイッチを食べている。

「卯月さん、お先です」

「うん、お疲れ」

私は買ってきたおにぎりとお茶をテーブルに置いて、山吹の隣に腰をおろす。ナースステーションの中では、看護師は基本的に何も食べたり飲んだりできない。衛生的な問題が一番大きいけれど、患者やご家族が見たら不快に思うかもしれないという理由もある。私語もなるべく控えなければならないし、泣いたり爆笑したりすることもできない。だから、ドア一つ隔てて、患者にもご家族にも顔を合わせずに済む休憩室というのは、看護師にとっては仕事中のオアシスみたいな場所だ。

「これ、御子柴(みこしば)さんのご実家からのお土産ですって。みなさんでどうぞって、御子柴さんが置いていきました」

テーブルの上には、長野銘菓と書かれた箱が置いてあり、個包装のお菓子が並んでいる。すでにいくつか減っているので、夜勤明けの誰かが食べたのだろう。

御子柴匠(たくみ)さんは、病棟唯一の男性看護師で、主任をしている。切れ長のクールな目元と薄い唇はどこかミステリアスな雰囲気があり、患者にもご家族にも医療スタッフにも、ファンが多い。独身の頃に大勢のご家族からバレンタインチョコを渡された、という逸話の持ち主だ。そのとき御子柴さんは「ご遠慮させていただきます。申し訳ありません」と丁寧に断り、ホワイトデーには全員に感謝の手紙を書いたそうだ。ナースステーションの入り口に「ご家族さまへ。看護師への差し入れはお断りさせていただきます」と貼り紙がされているのは、御子柴さんのこのエピソードのせいらしい。

病院の看護師は、みんな看護部に所属している。看護部のトップは、看護部長だ。看護部長にはほとんど接する機会がなく、私は、入職式でしか会ったことがない。部長の下、各病棟に師長がいて、看護師にとっては師長が病棟で一番の上司にあたる。長期療養型病棟の師長は香坂椿さんという女性で、控えめに言っても、いるだけでその場に緊張感が漂う。特に、何か良くないことを告げるときの、ちょっとねちっとした高い声を聞くとみんなの背中がびくっとする。患者さんやご家族にはもちろん優しいし、対応も丁寧だ。でも、ぴったりとひっつめられた長い髪と、吊り上がりぎみに描かれた眉と、同じく少し吊り上がった目は、向かい合うだけで緊張する。

師長の下に二人の主任がいて、その下に私たちみたいなヒラの看護師がいる。主任は、私たちと師長の間を緩衝する役割も担っているのだ。特に御子柴主任は、大きなビーズクッション並みの包容力だと思う。

浅桜と本木が休憩室に入ってくる。本木は「はい!」と返事をしている。浅桜に何か教えてもらったのだろう。

「浅桜さんと本木ちゃんも、お菓子どうぞ」

山吹が自分のお土産のように勧める。新人の本木を「本木ちゃん」と呼ぶのは、山吹だけだ。山吹は二年目だから、初めて自分に後輩ができて嬉しいと前に話していた。

「ありがとう」

「ありがとうございます」

浅桜がサラダと総菜パンをテーブルに置く。本木もバッグの中からお昼を取り出している。

「これ、めっちゃ美味しいとこのやつですよ」

山吹が私に顔を向けて言う。彼女はスイーツに詳しい。

「そうなの？　楽しみ」

私はお菓子を一つとってお茶の脇に置いた。

そこで山吹が、はあーと大げさなため息をつく。

「何、どうしたの」

「あの研修医、マジで使えないんですけど」

山吹は大福のように白くふっくらした頬を余計にふくらまし、この春から一緒に働いている研修医の名前をあげた。

「あははは。たしかに、あの人ちょっとやばいよね」

私も同意する。医者にもいろんな人がいる。患者のために熱心に治療をする先生がほとんどだけれど、中には何か勘違いしている先生もいる。

「自分は使えないくせにナースのこと召使いみたいに扱いやがって、マジでむかつきましたよ」

山吹はサンドイッチを食べ終えて、長野銘菓に手を伸ばす。

「すっごい天狗（てんぐ）っていうか、俺さまはお医者さまだ、みたいな態度とる医者、本当にいるんですね」

山吹の文句は終わらない。でも、ここでならいいのだ。休憩室でなら、許される。看護師だけが集まり、束の間「白衣の天使」という役割から解放される場所なのだ。それをナースステーションや病室には持ち込まない。ここで吐き出すからこそ、持ち込まずにいられる。医者への文句くらい、吐き出したい。医師たちには医局という場所があるが、医局には偉い先生もいたりするから、先生たちは先生たちで大変だろうな、と思うこともある。

「あ、これほんとに美味しい。まわりサックサクで、中はめっちゃクリーミー」

山吹がお菓子を食べながら嬉しそうな声をだす。向かいに座る浅桜がお菓子を二つとって、一つを本木に渡してあげている。

「すみません、ありがとうございます」

本木は、礼儀正しい。仕事ぶりも優等生然としている。休憩室にいるときくらい、もう少しくだけても大丈夫だよ、と言ってあげたくなる。でも、今はプリセプターの浅桜が一緒にいる。あまり口出しはせず、浅桜と本木の関係性を尊重しようと思い、私は黙っておにぎりを頬張った。

山吹は二つ目のお菓子を食べながらスマートフォンをいじっている。ナースステーションには私物の持ち込みはできないから、休憩室に来ないとスマートフォンも見られない。

「卯月さん、これ見てくださいよ。めっちゃウケる」

山吹が見せてくれた動画は、海外のドッキリ動画だった。

男性が歩道に停められた自転車にまたがる。その瞬間、サドルがビヨン！　とバネのように反発して、男性は驚き派手なリアクションをとりながら道に転げた。いわゆる「やらせ」なのかもしれないけれど、繰り返し流れるその動画はたしかにバカバカしくておもしろい。

「何これ」

一緒になって笑う。山吹はツボに入ったのか、ヒイヒイ言いながら笑っている。こういう時間を過ごすと、また午後も頑張ろうと思える。看護師の仕事はきついときもあるけれど、仲間がいるのは心強い。大岡さんの「思い残し」は今日もベッドサイドにいた。私は午後も「思い残し」を視ながら仕事をするのだ。

長野銘菓は仕事終わりのおやつにしようと思って、バッグに入れた。

仕事のあと、十九時過ぎにグレイス港台の近くのKマートに行ってみる。一〇八号室の男性は、この店の袋を下げていた。あの日の帰宅は二十時頃だったから、この時間ならもしかしたら会えるかもしれない。偶然を願いながら、まず店内を一周して、いないことを確認してから店の前に立つ。ときどきスマートフォンを耳にあてて、話すふりをする。誰かと待ち合わせをしているように見えるだろうか。じっと立っているだけだから、体が少し冷えてきた。

三十分ほど待ったときだった。足踏みをして、夜空を見上げる。会社員風の中年男性が、この間と同じように疲れた様子で近付いてくる。それは、一〇八号室の男性に間違いなかった。「思い残し」にどう関係しているのかわからないけれど、とりあえずはこの人のことをもう少し知りたい。そう思って、男性のあとをつけた。店に入ると、ビールを数本とチーズかまぼこをかごに入れる。晩酌だろうか。そのあと、パンのコーナーへ行って、メロンパンとチーズ蒸しパンも入れた。甘いものも好きらしい。そのあと、リンゴジュースとオレンジジュースを、お菓子コーナーでチョコレートやグミなども特に吟味せずに放り込んでいく。その様子を見て、私の中に小さな違和感が生まれる。一人暮らしの中年男性にしては、何かちぐはぐな印象を受けた。でも、ジュースやお菓子が好きな中年男性だってたくさんいるだろう。もしかしたら一人暮らしじゃなくて、家族の分かもしれない。でも、私が見ていた限り、あの部屋にはこの男性以外出入りする人はいなかった。部屋の前もベランダも、殺風景だった。

男性が会計を終えて店を出ていく。さりげなくあとをつける。男性は私の尾行には気付かず、グレイス港台に入っていったので、私も少し緊張しながら素知らぬ顔をしてマンションに入る。男性は鍵を開けて一〇八号室に入っていった。

さて、ここからどうすればいいだろう。中年の男性が、一般的なイメージより多めにお菓子や菓子パンを買ったというだけで、何もおかしいことはしていない。でも、微かな違和感はぬぐえない。腕を組んでしばらくマンションの廊下で佇んだ。今日も帰るしかないのか、と歯噛みしながらエントランスホールのソファに座る。

そのとき、バイクのような音が聞こえたと思ったら、黒い大きなリュックを背負った若い男性がエントランスから入ってきた。食事の宅配のリュックだ。早足で私の前を通り過ぎ、一〇八号室の前に立ったようだ。私は聞き耳を立てる。配達員がチャイムを鳴らす。

「デリバリーキングです〜」

「はーい」

男性の声で返事がする。少ししてドアが開いた。配達員の男性が、リュックの中から食事を取り出している。

「えっと、ヒレカツ定食と、お子様ランチですね」

思わずソファから立ち上がる。今、お子様ランチと聞こえた。やっぱり、あの部屋には男性以外に誰かいるのだ。言いようのない焦燥感に駆られる。義務感に近いかもしれない。そして、あの「思い残し」の女の子の顔が浮かぶ。寂しそうな視線を思い出す。

もしあの女の子がここにいるとしたら、大岡さんが思い残す理由が何かあるはずだ。確かめなければならない。

私は駆け足でエントランスを出て、ベランダのほうへまわった。フェンスの下から手を入れて、小石を数個つかむ。フェンスを登り、一〇八号室のベランダに一個投げ入れる。コツンと硬い音を立てて、小石がベランダ内に落ちる。

やましいことがあったとしても、音の出どころは気になるだろう。一瞬でもカーテンを開けてくれれば、そのときに部屋の中を確認できるかもしれない。もう一個投げ入れる。コツンと硬い音がする。動きはない。握る小石が冷たい。もう一個投げる。室外機にでも当たったのか、カーンと金属の大きな音がした。次の瞬間、ぴったり閉じられていたカーテンがすっと開いた。中年男性が顔をのぞかせる。私は木の陰でバレないように体をすくませながらも、カーテンの隙間から見える室内をのぞいた。そして、ひっと小さく悲鳴をあげる。カーテンの隙間から見えたのは、床にぺたんと座った女の子の姿だった。片方の足首にロープが巻いてあり、その先に大きなダンベルが結わいてある。足枷（あしかせ）にしているのだ。長い髪を二つに結って、白いTシャツにピンクのスカートを穿いている。それは、大岡さんの「思い残し」の女の子そのものだった。

いた……見つけた！　「思い残し」の女の子の身に何か起きている。あの男性の娘だとしても、あれは虐待だ。私は勢いよくフェンスから飛び降りて、エントランスホールに走った。管理人室にはまだ灯りがついている。

「すみません、管理人さん！」

大きな声を出すと、受付窓のレースのカーテンが開き、金縁眼鏡の女性が顔を出した。

「なんですか？　あら、あなたこの前の」

先日私をいぶかし気に見ていた管理人さんは、私のことを覚えているようだった。

「あの、一〇八号室の男の人って一人暮らしですか？」

気が急いて、口調が速くなる。

「はい？」

「娘さんがいますか？」

「そんな、住人のプライバシー教えられるわけないじゃない」

「そうなんですけど、えっと、今あの部屋で子供が、女の子が足枷をつけられているのを見たんです」

焦って、言葉が舌先でもつれる。管理人さんは、ぎゅっと眉間に皺を寄せて私の言葉の真意を確認しているようだった。

「本当です。ベランダ側の窓から見えました。白いTシャツにピンクのスカートの、髪を二つに結った女の子です。足首にロープが巻かれて、ダンベルみたいなものにつながれていました！」

管理人さんは私をじろりと見てから、すぐ横にあったファイルのようなものを開いた。

住人の情報が書いてあるのかもしれない。

「女の子、と言ったかしら」

「はい。十歳くらいの女の子です」

「足首にロープは本当？」

「はっきり見ました！」

信じてもらえるように訴えるしかない。管理人さんは、腕を組み目を瞑って考え込んでいる。そう簡単には協力してもらえないか。でももう一押ししてみよう、と口を開きかけたところで、管理人さんはパッと目を開け、スタスタと受付窓の横のドアから出てきた。華奢で背の低い女性だった。背筋がピンとしていて姿勢がいい。

「一〇八って言ったわね？」

「はい。そうです」

管理人さんは、早足で一〇八号室の前へ行き、インターホンを押した。少し間があって「はい」と男性の声がする。

「こんばんは。管理人の梶ですけど、遅い時間にすみません。ちょっとお部屋の中を拝見することってできますか？」

「え！　今ですか？　なんでですか？」

「申し訳ないんですけど、ペットを飼っていらっしゃるんじゃないかって住人から投書し、確認させていただいて、管理会社に電話が来たんです。飼っていないならいないで、私も仕事だからないといけないのよ。ごめんなさいね、

管理人さんは、さらっと嘘をついた。機転の利く人だと驚いた。

「はあ……ペットは飼っていませんよ。ちょっと散らかっているんで、今日はお断りしたいんですけど……」

管理人さんは「……わかりました。失礼します」と意外にもあっさり引き下がった。

「どうするんですか」

私は管理人さんに詰め寄る。

「念のため、警察を呼ぶわ。受け答えが少し動揺している様子だった。一人暮らしなんだから、部屋を見せたって構わないはず。とりあえず今は、あなたのことを信じるわ。何事もなければ、それでいいんだから」

そう言って、管理人さんはポケットからスマートフォンを取り出した。

いつもより早く目が覚めた。眠りが浅かった気がする。警察の人と話す機会なんてないから、緊張して疲れたのかもしれない。出勤まで時間に余裕があるから、ゆっくり朝ごはんを食べる。お湯を注げばできるカボチャのポタージュをスプーンでかき混ぜながら、焼きたてのトーストを頬張った。

出勤するとすぐに、大岡さんのベッドサイドへ行き、静かに話しかける。

「大岡さん、グレイス港台の女の子、無事に保護されましたよ」

管理人さんが警察を呼んで、事情を説明した。私も話を聞かれた。警察は念のためと男性の室内を捜索し、女の子を発見した。女の子は、男性の子供ではなく、連れ去った子だったそうだ。男性は現行犯で逮捕された。

「失くしたピアスを捜していたら偶然窓から室内が見えた」という私の嘘はまるで疑われず、行方不明だった女の子の居場所を突き止めたことで警察に感謝された。

でも、あの子を見つけたのは私じゃない。大岡さんだったのだ。

供述によると、男性は両親が他界してからずっと一人暮らしをしており、家族が欲しかったらしい。それで、マンションの近くで見かけた女の子を「こんな娘がいたなら」という思いから、声をかけて家に連れて帰ってしまった。だから、食事や飲み物はしっかり与えていたし、イタズラもしていなかったという。しかし、自分の私欲のために人を、ましてや立場の弱い子供を傷つけるなんてことは、決して許されることではない。

同じように家族がおらず、一人で闘病している大岡さんが、家族が欲しいと願い一線を越えてしまった男の犯罪をあばいた。何かしらの因果を感じてしまうのは、私に「思い残し」が視えるからだろうか。

「大岡さん、あの女の子の声を聞いたんですか？　薬を飲んですぐ、食事をとらないほど慌てて脚立に登って確認したってことは、助けて、とかそういった声を聞いたのでしょうか。それで、足枷をされている女の子の姿を見た。警察を呼ばなければと慌ててスマートフォンを取り出したけれど、血糖値が下がり始めてしまって、意識を失った。そうだったんでしょうか」

助けてあげなければ、と大岡さんが強く思った結果、目に焼き付いた女の子の心細そうな姿がきっと「思い残し」として現れたのだ。

返事のない大岡さんに語りかける。あなたが自分の体よりも優先しようとした女の子、助かりましたよ。「思い残し」、解消しましたよ。意識がなくなっても聴覚は最後まで残ると言われている。どうか私の声が聞こえていますように、と願いながら大岡さんの手をそっと握った。

「卯月さーん、点滴のダブルチェックお願いできますか？」

山吹の声にはっと我に返る。

「はーい」

返事をして、私はベッドサイドを離れた。

点滴のチェックを終えて大岡さんの部屋に戻ると、女の子はいなくなっていた。窓の外には、陽光を反射した桜吹雪がきらきらと舞っている。

2 誰でもきっと一人じゃない

細かい雨が窓を湿らすように降っている。関東は平年並みで梅雨入りし、気温の低い日が続いているらしい。ここ横浜も、少し肌寒い。日勤の朝、引き継ぎを受けてから見回りのためにナースステーションを出る。最初に行くのは男性の四人部屋だ。

「おはようございます。日勤の卯月(うづき)です」

挨拶をしながら病室へ入り、窓際のベッドのほうへ歩く。「失礼します」と声をかけてベッドを囲うカーテンの中に入る。

ギャッチアップされたベッドの上で、関(せき)さんが鼻についている酸素カニューレを触りながら笑顔を見せた。白髪交じりの無精ひげと日に焼けた顔からは、親分肌の関さんが、これまで生き生きと働いてきた姿が想像できた。

関茂雄(しげお)さんは、六十歳の男性で、間質性肺炎(かんしつせいはいえん)で入院している。間質性肺炎とは、肺炎と名前はついているものの、いわゆる肺炎とは違って、肺の壁がゆっくり硬くなってしまう病気だ。はっきりした原因はわかっていない。関さんは酸素の吸入をしながら在宅で過ごしていたが、肺癌の合併があり、急激に容態が悪化して入院してきた。今は枕元の壁についている酸素供給口からカニューレを通じて常時酸素が送られている。予後は悪く、もって二ヵ月程度と言われている。

　本人にも予後不良と告知しているが、関さんは看護師たちに冗談を言ったり、世間話を好んでしたりして、明るく振舞っている。呼吸苦と倦怠感がかなり強いはずだから、あまり無理はさせたくないけれど、患者が明るく振舞いたいときは、その調子に合わせることにしている。予後が悪いからといって、誰でも暗く沈むわけではない。残された時間が短いからこそ、楽しく過ごしたい人もいるのだ。たとえそれが強がりであっても、その気持ちに寄り添うことも大切なことだ。

「おはよう。今日の日勤は卯月ちゃんか、よろしくね」

　はい、と返事をしようとしたとき「おはようございます」とカーテンの端から穏やかな笑顔の御子柴（みこしば）主任が顔をのぞかせた。

「関さん、お加減はいかがですか？」

「まあ、悪くはないかな」

「それなら、良かったです。ご無理なさらず、何でも言ってくださいね」

「大丈夫、大丈夫！　卯月ちゃんが来てくれたから、元気百倍だよ」

関さんの調子の良い言葉に、主任が苦笑する。

「ほら、またあ……。そういう言い方、ダメなんですよ。看護師への『ちゃん付け』もセクシャルハラスメントに該当する可能性があります。お気を付けくださいね」

口調は柔らかく表情はにこやかだが、それが余計に威厳を感じさせた。御子柴さんには、主任として部下を守る責任もあるのだ。

「ははは。すんません」

「よろしくお願いしますね」

そう言って主任が去ってから、関さんは舌を出しておどけた顔を見せた。私は肩をすくめる。

「あの人は主任さんだっけ？」

「そうですよ。主任の御子柴です」

「えらい男前だね」

「そうですか？」

たしかに御子柴さんは「男前」だと思うけれど、関さんにそう言ったら「アタックしろ」などと言われそうな気がする。御子柴さんには奥さんがいますよ、と言っておいたほうがいいかもしれない。

「血圧測りますね」

会話をしながら関さんの腕に血圧計のマンシェットを巻く。ジーッと音を立てながら関さんの腕を締めつける。

「息苦しさ、どうですか？」

血圧計がピッと音を立てて計測を終える。120／62。いい値だ。

「まあ、苦しいっちゃあ苦しいけど、男は根性でしょ」

「根性で乗り切っちゃうタイプですか？」

私は少し笑いながら、酸素の流量計を見る。問題なし。酸素は、大量に吸えばいいというものではない。何事も過ぎたるはなお及ばざるがごとしで、大量の酸素を吸いすぎると重篤な健康被害もある。その患者に合った酸素の量を医者が診断し、看護師はそれに従って投与する。

「お熱も失礼しますね」と言いながら関さんの脇に体温計をはさむ。体温測定の間にパルスオキシメーターを指につける。血中の酸素飽和度を測る機械だ。92％。悪くない。健康な人の血中酸素飽和度の正常値は96％以上で、それを切ったら呼吸苦を感じる。でも、間質性肺炎の患者で、酸素吸入をして92％なら安定しているほうだ。90％を切ったら、危ない。

「体内の酸素の値、問題ないですよ」

「だろう？　俺の根性の勝ちだ」

ピピピピと電子音が鳴る。脇から体温計を取り出す。発熱もない。大きな変化がないということに、とりあえず私は安心する。

「何かありましたらナースコールしてくださいね」

そう言ってカーテンから出ようとしたとき、ギャッチアップされて死角になっていた場所、枕元のすぐ横に、女性がしゃがんでいるのを見つけた。ぎょっとして思わず足が止まる。三十代くらいの女性で、髪は無造作にうしろに結っている。キャラクターの描かれた黒いロンTにジーンズというカジュアルな服装だ。すっぴんで、くっきりした二重の目でにらみつけるような怖い表情をしている。手には何かを握りしめている。よく見ると、それはお金だった。紙幣を何枚かぐしゃっと握っているのだ。まだ朝の九時。こんな時間に面会者がいるわけがない。それに、女性はうっすら透けている。ああ、関さんの「思い残し」だ。

「卯月ちゃん？　どうしたの？」

関さんに声をかけられる。私が、何も言わずに突然立ち尽くしたからだろう。

「ああ、いえ、なんでもありません」

関さんに向けて微笑んでから、カーテンの外へ出た。カーテンの下からのぞく「思い残し」の足元を見る。薄汚れた白っぽいスニーカーは、かなり履き古しているように見えた。

ナースステーションに戻り、関さんのカルテを確認する。

関　茂雄　六十歳　男性

【現病歴】

五十代の前半から呼吸苦があったが受診はせずに様子を見ていた。五十八歳で間質性肺炎と肺癌の合併と診断される。以降、在宅にて酸素療法実施（安静時3リットル、労作時7リットルまで）。六月三日呼吸困難の急性増悪あり、救急搬送。予後二ヵ月と診断され、長期療養型病棟へ転棟。喫煙（四十年以上）

喫煙は間質性肺炎の原因の一つと言われている。煙草は身体依存もあるから、もう吸えないのはつらいだろうと思う。

成育歴を見ると「もともと石工（せっこう）で、病前まではサンドブラスト職人だった」と書いてある。サンドブラストって、何だろう。

円卓のすぐ隣で、浅桜（あさくら）が本木（もとき）と何か話している。今月でプリセプターと新人が二人一組で働く期間は終わりだから、独り立ちに向けての最終月間だ。浅桜の白い首筋に後れ毛が垂れている。ときどきこの後輩は、年下なのにどきっとするほど色っぽく見える。

二人の会話が終わったところを見計らって、浅桜に声をかける。

「ねえ、関さんのこの、サンドブラスト職人って、どんな職業だっけ」

浅桜が私の持っているタブレットをのぞく。

「ああ、それ、私も気になって、関さんにお聞きしたんです。そしたら、お墓の石にお名前を、戒名(かいみょう)っていうんでしたっけ。それを彫る仕事みたいですよ」

「石工とは違うの?」

「石工は、ノミとトンカチで手作業だけど、このサンドブラストっていうのは、機械に細かい砂みたいなのが入っていて、それをすごい勢いで吹き付けて、墓石を彫るらしいです」

「高圧洗浄機みたいな仕組みらしいですね」

ナースステーションに戻ってきた御子柴主任が私たちの会話に入ってくる。

「ゴーグルとマスクをしてやるけれど、細かい石の粉がすごく飛ぶらしいですよ。だから、間質性肺炎もお仕事が関係しているかもしれませんね」

御子柴さんもサンドブラストについて調べたらしい。

「なるほど。たしかに原因の一つになっているかもしれませんね」

納得しながら御子柴さんを見ると、白衣の胸ポケットに茶色っぽい鹿のような小さなキャラクターが揺れていることに気が付いた。ボールペンのノック部分にぶらさがっているらしい。私の視線を辿った主任は、自分の胸ポケットを見てから、少し顔を赤くした。

「カモシカのカモシカンですが……何か？」

「カモシカン？」

「長野の……ゆるキャラです。地元を応援しようと、先日帰省した際に購入しました」

小さな声で弁解するように話す御子柴さんの意外な一面に驚いた。ふと見ると、反対側に座っていた山吹（やまぶき）が下を向いて肩を細かく震わせている。笑いをこらえているらしい。

「かわいいですね」

「……ありがとうございます」

恥ずかしそうに顔をふせる御子柴さんをこれ以上困らせないように、私はタブレットに目を戻す。関さんの「思い残し」のことを考えている途中だった。

関さんの家族は、妻と子供が二人。子供は二人とも息子だ。では、あの女性は誰なのだろう。

仕事中、枕元の女性がずっと気になっていた。あんなに険しい顔をして、何があったのだろう。今もまだあんな表情をしなければならない状況に置かれているのだろうか。

握りしめたお金は、嬉しいお金じゃないのかもしれない。

「卯月さん、ちょっといいですか？」

仕事を終えて更衣室で着替えていると、浅桜から声をかけられた。本木は一緒にいない。

「どうしたの？　本木は？」

「本木さんは、帰りました」

「そっか。で、どうしたの？」

「ちょっと、相談したいことがあって」

浅桜はもう着替え終えていて、黒いブラウスに薄い色のデニムを穿いていた。男性の研修医が長期療養型病棟にまわってくると、必ず何人かは浅桜に声をかけてくるらしい。ちょっと儚(はかな)いような雰囲気の美人だ。でも、今は表情が冴えない。

「私でよければ聞くよ。ごはん行こうか」

「いいですか？」

「うん。あそこの回転寿司行こうか。この前、透子(とうこ)さんに連れてってもらったんだけど、美味しかったよ」

「透子さんが選んだのなら、間違いないですね」

海なし県で育った透子さんの寿司好きは有名だから、浅桜はようやく少しだけ微笑(ほほえ)んだ。私は手早く着替え、浅桜と一緒に病院を出た。

梅雨の空は重たく、霧雨が全身を覆う。ロンTだけじゃ体が冷える。浅桜もブラウスだけで寒いのか、両肩を縮こめている。浅桜から話し始めるのを待とうと思っていたら、二人で黙って歩くことになった。さあさあと降る細かい雨だけが鳴っている。

歩いて十五分ほどのところにあるよっちゃん寿司に着いた。よっちゃん寿司の店名は、店内で飼育されているサメの名前にちなんでいるらしい。店先に大きな水槽があって、その中を三十センチほどのサメが泳いでいるのだ。そこに【看板鮫、よっちゃん】と書いてある。前に透子さんと来たとき「これ、生け簀かな」と真面目に言うから笑ってしまった。「たぶんペットですよ」と答えたけれど、スマートフォンで検索したら、寿司で食べられる種類のサメもいるらしく二人で顔を見合わせた。サメはともかく、寿司好きの透子さんをうならせたお店なので、味の保証はできる。

ここは回転レーンの中に板前さんがいるタイプのお店だ。レーンを流れてくるお寿司を食べてもいいし、その場で板前さんに直接注文してもいい。もちろん、備え付けの注文用紙に書いて渡してもいい。人見知りの人だったら、板前さんに声をかけるのは越えなければならないハードルの一つだと思うから、フレキシブルな対応をしてくれるお寿司屋さんが私は好きだ。

浅桜と並んでカウンターに座った。

「私、とりあえずあら汁頼むけど、浅桜は？」

「いいですね。頼みましょう」

すみません、と声をかけると「らっしゃい！」と板前さんが元気に答えてくれる。

「あら汁二つください」

「あーい、あら汁ふたーつ！」

板前さんが大きな声で復唱する。浅桜の悩みを聞くには、もう少し静かなお店のほうが良かったかな、と思ったけれど、仕方ない。浅桜は湯呑にお茶の粉を入れて、カウンターにある蛇口からお湯を注ぎ、私の分も緑茶を淹れてくれた。

「お姉さんたち、あら汁！」

板前さんが大きなお椀にたっぷりのあら汁をレーンごしに置いてくれる。

「ありがとうございます。いただきます」

両手で持って、ずずっと汁を啜る。はあーっと二人同時にため息をついた。出汁の効いたあら汁は濃厚でとても美味しい。霧雨に冷やされていた体がホカホカしてくる。

「ああ、あったまりますね」

浅桜がふーっと息を吐きながら言う。

「ほんと、あったまるし、美味しい」

「卯月さん、何食べます？」

浅桜が注文用紙を手にとった。

「うーん、いくら以外なら何でも」

「いくらダメなんでしたっけ」

「そうなの、苦手」

「美味しいのに、もったいないですね」

浅桜は北海道の出身だから、新鮮で美味しい海の幸に子供の頃から親しんでいたのかもしれない。本木のプリセプターを決めるときも、同郷だから、ということが理由の一つだったらしい。浅桜は札幌で、本木は中標津（なかしべつ）のほうだと言っていた。

私がホタテとマグロと鯵（あじ）を食べて、浅桜がウニといくらとサーモンを食べ終わると、浅桜はぽつりと話し出した。

「今日相談したかったことなんですけど……本木さんのことです」

「うん」

想像はついていた。プリセプターとして、何か悩んでいるのだろう。

「この前、個室のSさんステったじゃないですか」

ステった、とは看護師の間でよく使われる言葉で、ステルベン、つまり死亡したことを指す。ナースステーション内でも、患者やご家族の耳があるところで「死亡した」と話せば、やはり悲しい気持ちにさせてしまう。また仕事外の場所で「誰々が死んだ」なんて話はできないから、医療界隈には専門用語や隠語が多い。

「そのとき、私と本木さんが部屋の担当だったんです」

個室のSさんは肝臓癌の末期で、痛みの緩和などターミナルケアのために入院していた。

「本木さんは、患者さんがステるの、見るの初めてだったんですけど、なんていうか、淡々としていて……」

「ご家族の手前、頑張っていたのかな」

「たぶん、そうなんだと思うんです。でも、エンゼルケアの途中でご家族に退室いただいたときも、なんていうか……悲しそうに見えなかったんです」

エンゼルケアとは、亡くなった患者に行われる処置だ。体を清潔にしたり、喉や鼻から体液が漏れないように綿を詰めたりする処置で、最近は吸水ポリマー入りの高性能なエンゼルケアキットが使われるため、手早く丁寧に行うことができる。体を拭いたり着替えさせたりするのはご家族と一緒にやることもあるが、医療機器の除去や綿を詰める処置などの際は、退室していただくことが多い。

「私は、自分が新人で初めてステルベンに立ち会ったとき、ショックでどうしようもなかったんです。人間って本当に亡くなるんだって、目の前で体験したことがしばらくトラウマでした。こんなに冷たくなっちゃうんだとか、こんな色になっちゃうんだとか、とにかくつらいことが多くて、怖かったし、悲しかったんです」

初めての看取りは、新人看護師の壁の一つだ。学生のときにいくら勉強しても、実習でどれだけ患者と関わっても、仕事をしながら毎日看護をしていた人が目の前で亡くなるのは、やはり衝撃が大きい。私自身もそうだった。

「わかるよ。私もそうだった。初めて看取った方、お名前も病名もまだ覚えてるよ。さっきまで生きてたのに、って思うと、怖いよね」

「はい。怖かったんです。でも、本木さんはテキパキと仕事をしていて、エンゼルケアのキットの使い方とか聞いてきて、メモしてるんです。私、正直ちょっとその行動が信じられなくて」

本木の優等生然とした振舞いは、私も気になってはいた。看取りの場面でもそんな態度なら、いったいどこで感情を吐き出しているのだろう。

「でも、患者さんに対して、どうでもいいみたいな感じじゃないよね？」

浅桜は緑茶を一口飲んで、うなずいた。

「患者さんには、ちゃんと寄り添おうとしていると思います。感情がない、他人に共感できないタイプではないと思うんです。患者さんがステっても何も感じない、みたいな、そういう子ではないはずなんです……けど、実際何を考えているかわからなくて。私自身が、人に何か意見を聞いたり、強く言ったりすることが苦手だから、余計に本木さんとの距離が縮まらないんです」

浅桜は肩を落とした。長めの前髪が、うつむく目元を暗く覆っている。

「卯月さんのプリ子って、加藤でしたよね？　大変じゃなかったですか？」

浅桜と加藤は同期だ。プリセプターになったときの悩みは、自分が新人のときのプリセプターに聞くのが一番かもしれないけれど、浅桜のプリセプターは結婚して病院を辞めてしまったから、相談しにくいのかもしれない。だから、同期の加藤のプリセプターである私に相談してくれたのだろう。

「加藤は、救急の希望だったのに長期療養っていう全然違う科に配属されちゃったから、かわいそうに、とは思ったかな。モチベーション下がるだろうし、やっぱり科との相性ってあるからね」

「科との相性ですか」

「うん。浅桜だって、もともと小児科の希望じゃなかったっけ？」

「ああ、学生のときはそうでした。でも、実習がつらすぎてやめたんです」

「小児科は、きついよね」

「きつかったですね……」

小児科は、とても大変な科の一つだ。大人みたいに治療方針を理解できない年齢の患児もいるから、ということもあるが、何よりメンタルがきつい。小さな体で、幼いながらに懸命に病気と闘う姿は、健気すぎてうまく対峙できないのだ。向き合うには、こちらもかなりの覚悟がいる。小さな体で頑張っていたって、思わぬことで病状が悪くなることもあるし、当然亡くなる患児もいる。大人の看取りでさえショックが大きいのに、小さな、健気な子供の急変や看取りは、耐えられないほど精神をえぐられる。ご家族のケアも大変だ。それでもしっかり向き合って、患児とご家族を支えていける看護師にしか、勤まらない科だと思う。

「実習とか、働き始めてみて、科との相性ってだんだんわかってくるじゃん。だから、もしかしたら加藤は長期療養には合わないかもしれないけど、それでもこの科で学べることはあるよ、っていう気持ちで接していたかな」

「加藤は素直に聞きました？」

「そうね。加藤は、知ってると思うけど自分の意見がすごくしっかりあって、気が強い子だから、何考えてるかわかんないってことはなかったかな。逆に、もう少し自分の意見を抑えてもいいんじゃない？　って言いたくなるくらいの子だったから」

浅桜は新人時代を一緒に過ごした同期を思い出したのか、苦笑した。

「たしかに、そうですね」

「今、救急で頑張ってるみたいだから、良かったよ」

「本木さんは、どうやら循環器の希望だったみたいです」

「そうなの？」

「はい。直接は話してはいないんですけど、御子柴さんに聞きました。本木さん自身が子供の頃に心臓の病気をしたらしくて、だから循環器内科に配属希望だったそうです」

「そっか。じゃあ、モチベーションが上がらないのかなあ」

「でも、やる気がないようには見えないんです。長期療養と相性が合わないんでしょうか」

「どうなんだろうね。それならそれで、私にはなんとなく合わないって気付いていればいいんだけど、もしかしたら、自分でもわかんないのかもしれないね」

自分で、何が大変なのかわからない、言語化して人に伝えられない、という人は多い。看護師は、自分の大変さを言語化できないと、内にためこむ傾向にあるから、吐き出せる人のほうが精神的に安定しやすい。今日、浅桜が私に相談できたように、誰かに悩みを言葉にして伝えることがとても大切なのだ。一人だけでは、とうてい抱えきれない仕事なのだから。

「本木は、職場で『素』を出してない気がするんだ。浅桜にだけじゃなくて、誰にも。だから、今度ごはん誘ってみるよ」

「そうしてくれますか？　もしかしたら、プリセプターには言いにくいこともあるかもしれないので」

浅桜は薄く微笑んで、自分を納得させるようにうなずいた。私たちは追加でお寿司を注文して、そこで仕事の話は終わりにした。元気な板前さんの声が店内を行き交っている。

翌日も、梅雨らしく空は重い。病室の、窓についた雨粒が近くの雨粒とつながって、つーっと流れて落ちていく。

日勤の朝、関さんの枕元にはまだ女性が険しい表情でしゃがんでいる。よく見ると、靴だけでなく、キャラクターの描かれたロンTも着古されているように見える。ジーンズも新しくはない。生活に困窮しているのだろうか。ごはんは、ちゃんと食べているだろうか。握りしめているお金は、この人のお金じゃないのだろうか。

家族ではない女性を思い残している場合、恋愛関係ということだって充分にあり得る。関さんは六十歳だけれど、気持ちは若々しいように見える。年下の女性と関係があっても不思議ではない。関さんは既婚者だから、あのお金は手切れ金か何かだろうか。でも、面会に来る奥さんとはとても仲が良くて、夫婦漫才のようなやりとりをしては、二人で笑っている。

在宅で酸素療法をしながら過ごしていたから、訪問看護の人とか、介護の人の出入りはあっただろう。でも、それなら制服を着ているはずか、と思いながら「思い残し」の女性を眺める。関さんが年下の女性にこんな表情をされる場面の想像がつかない。面倒見のいいタイプに見えるけれど、いったい何があったらここまで人の怒りを買うのだろうか。

「卯月ちゃん？」

関さんに声をかけられる。

「はい」

「体温計、ピピッて鳴ったよ」

「あ、すいません」

慌てて脇から体温計を取り出す。

「ぼーっとしちゃって、どうしたの？　恋の悩みかな？」

「いえいえ、悩む相手がいればいいんですけど」

軽く笑いながら答えて、体温を記録する。私にあわせて関さんは笑うが、呼吸がいつもより苦しそうに見えた。

「呼吸しんどいですか？」

「いや、根性根性」

笑おうとする関さんの、唇の色が少し青っぽい。私はベッドを起こし、オーバーテーブルの上にクッションを置いた。

「ここによりかかるようにすると、少し息しやすいかもしれないです」

私が言った通りに、関さんはクッションの上に前傾になってもたれた。起座位と呼ばれる、呼吸の楽な姿勢だ。

「はあ……本当だ。これはいいね。ありがとう」

酸素飽和度は91%だった。ドクターコールをするほどの変化ではないが、慎重に観察しておかなければならないと思った。手元にナースコールを置いて「無理せず、つらいときは呼んでくださいね」と声をかける。

「根性だけじゃ乗り切れないことも、あるのかもねえ……」

関さんは、苦笑まじりにつぶやいた。私は、肩にそっと手を置く。見た目より痩せた体から、体温が伝わってきた。

お昼休み、休憩室で山吹がサンドイッチを食べている。山吹の背後には窓があって、外では細かい雨が降り続いている。今年の梅雨は気温が低い。私はおにぎりとお茶を持って、山吹の隣に座る。

「ねえ、山吹さあ」

「なんですか？」

「新人のとき、初めて患者さんをお看取りしたとき、どんな感じだった？」

「どんなって？　事例ですか？」

「いや、山吹自身が、どう思った？ ってこと」

「それは、めっちゃショックでしたよ」

「だよねえ」

「本当は我慢しなきゃいけないのかもしれないんですけど、耐えられなくて、ご家族と一緒に号泣しました。今でも、忘れられないですね」

柔らかそうな頰に流れる涙をぬぐいながらべそべそと泣く山吹を、私は容易に想像できた。

「そうだよねえ。わかるよ、普通そうだよね」

「なんでですか。なんかあったんですか？」

「本木がさ、この前お看取りに当たったらしいんだけど、全然ショックな素振りなく、淡々と仕事をしていて、浅桜が心配していたのよ」

「ああ、なんかわかります。あの子、弱音吐かないですもんね」

山吹はサンドイッチをもぐもぐしながら言う。そこへ透子さんが入ってきた。

「何なに、何話してたのー？」

透子さんはバッグの中からお昼のパンを取り出して、山吹の向かいに座った。

「本木が、お看取りのときにまったく悲しそうに見えなかったみたいで、浅桜が悩んでいたんですよ」

透子さんは缶コーヒーを開けて、一口飲んだ。アイラインがくっきりとひかれ、まつげはきれいに上を向いている。

「悲しそうに見えなくて、どうしたの？　エンゼルケアは？」

「それはちゃんとやったみたいです」

「ふーん。それでなんで浅桜が悩むの？」

「本木が何を考えているかよくわからないって。患者さんが亡くなったのに、悲しくないのかって」

透子さんは、うーんと唸るような声を出す。

「でも、ちゃんとするべき仕事はしていたんでしょ？　ならいいんじゃないの？　亡くなってしまったことは悲しいことだけれど、この科ではそれまでの経過が大事なんでしょう？　助かるはずの患者のオペが失敗して亡くなるっていうんなら大惨事だけど、お看取りの予定だった患者さんが亡くなったんなら、そこまでの過程で行った看護を誇ればいいじゃない。っていうか、長期療養ってそういう科だと思ってた。そうでもないの？」

「いや、それはそうだと思います。お看取り予定の患者さんでしたし、いつ亡くなってもおかしくない方だったので、それまでの看護に落ち度がなければ、私たちは最後までしっかりお看取りしたって言えると思うんですけど。それでも、悲しいものは悲しいかなって」

透子さんはパンを齧りながら「やっぱり長期療養は難しいなあ」と言った。

「ただ、本木が内心どう思ってるのかが見えにくいってのは、あるかもしれないね。悪い子じゃないと思うけど」

本音が見えにくい、という本木への評価はみんな同じだった。悪い子ではない。ただ、自分の感情を人に伝えるのが苦手なのだろう。

「今度、本木とごはん行こうと思うんだけど」

私の言葉に山吹が「おっ」と言ってホワイトボードに貼ってあった看護師の勤務表を手にとる。

「ああ、私はパスね。新人のじめっとした話、苦手だから」

透子さんが言う。

「はーい！　あ、次の金曜か、来週の火曜なら、私も卯月さんも本木も日勤ですよ」

「じゃあ、その日、誘ってみようか」

「オッケーです。本木の好きな食べ物、聞いておきます」

そう言って山吹は、二つ目のサンドイッチの包みを開けた。

結局、本木と行くお店はよっちゃん寿司になった。山吹が本木に好きな食べ物を聞いたとき、本木はしばらく考えてから「甘栗」と言ったらしい。それじゃ食事の参考にならない、と言ったがそれ以上の好物は出てこず、結局手近なよっちゃん寿司に行くことになった。山吹が行ってみたかったらしい。

「お店にサメがいるんだって。おかしくない？」

山吹が本木に話しかけている。私服の本木は、清楚な紺色のニットにベージュ色のワイドパンツだった。山吹は灰色がかったような黄色いニットを着ている。「これ、マーガリンイエローっていうトレンドカラーなんです。かわいくないですか？」とさっき更衣室で自慢してきた。かわいいし、似合っている。

「サメ、生きてるんですか？」

「そうそう、生きたサメ。その名前が、よっちゃんっていうらしいよ」

浅桜は事前に言っていた通り、今日の食事には来なかった。自分がいないほうが本木は話しやすいかもしれない、と気を利かせたのだ。でも、今のところ、山吹が一番しゃべっている。

風が吹いて三人の傘に雨音が鳴る。今日は梅雨らしいしとしとした雨ではなく、かなり雨脚が強い。よっちゃん寿司に着いたら今日もあら汁から注文しよう、と自分で決めた。

「あ、いたいた。本当にサメいるんですね」

山吹が水槽のよっちゃんを珍しそうに眺めている。本木も山吹の隣に並ぶ。山吹は二年目だから、本木の一年先輩だ。このくらい年数が近いほうが、話しやすいかもしれない。山吹に一緒に来てもらって正解だったなと思う。

本木を真ん中にしてカウンターに並んで座る。私がまずあら汁を注文すると言うと、「じゃあ、私も」と本木が言った。山吹はいらないと言う。

板前さんたちは相変わらず威勢がよくて、店内は明るくて清潔で、死期の近い患者とたくさん接してきた私たちとこのお店とでは、何もかもが違うように見えた。でも、誰かが死にそうなときにも、私たちはお腹が空く。私たちが食べなければ、死期を迎える人の看護はできない。そのために、こういう元気で明るいお寿司屋さんがある。そう思うと〝何もかもが違う〟なんてことはないのかもしれないと思った。生きている人がいれば何か食べるし、何か食べている私たちだって、いつかは死ぬのだ。そうやって世界は巡っている。

板前さんがあら汁を置いてくれる。私はお椀を両手で持ってずずっと啜って、ふーっと息を吐く。刻んだネギがアクセントになっていて、体が温まって美味しい。本木は、私が食べるのを確認してから、お椀に口をつけた。

「卯月さん、苦手なものありましたっけ？」

山吹が注文用紙を書き始めている。

「ん、いくらがダメ」

「ああ、そうでしたね。けど、いくらは私が食べるから頼んじゃいますよ。本木ちゃんは、苦手なものある？」

本木は「いえ、特にはないです」と言った。好きな食べ物が甘栗で、苦手なものはないなら、食に対するこだわりがあまりないのかもしれない。

「じゃあ、適当に頼んじゃいますよ」

山吹は注文用紙に書き加え、板前さんに渡した。

「で、本木ちゃん仕事はどうよ？」

山吹が楽しそうに直球で聞く。後輩とこういう話ができるのが嬉しいのかもしれない。

「仕事、ですか？」

「そうそう。もうすぐプリセプターから独り立ちでしょう。不安じゃない？」

山吹が話を進めてくれているから、私は少し黙っていようと思った。自分のプリセプターよりも勤続年数が上の先輩は、雲の上の存在のように見えるものだ。自分が新人のとき五年目の看護師がどんな風に見えていたか思い出せば、私よりも山吹とのほうが話しやすいだろうというのはわかる。

「独り立ちは不安ですが、頑張ろうと思います」

淡々とした本木の返事は、やはり優等生然としている。

「なんか、むかつくことない？　浅桜さんが厳しいとか、香坂さんが怖いとか～」

山吹がくだけた口調で言う。浅桜はともかく、香坂師長は私でも怖い。

「いえ、浅桜さんはとても優しいですし、師長さんも怖いなんてことないです」

「いやあ、香坂さんは怖いでしょう」

山吹が笑う。本木は、曖昧に「いやあ……」と言いながら首をかしげた。

「ちゃんと自分の意見言わないと、何考えてるかまわりに伝わんないよ～？」

山吹がさらっと言った。その言葉に、本木が少し身を硬くしたように見えた。

自分の感情を誰にでも伝えられるタイプの性格だ。自分の感情を上手に外に出せる人は、出せない人がなぜ出せないのか、わからないのだろう。

「不安だとか、悲しいとか、ちゃんと表に出したほうが、本木ちゃんも働きやすいんじゃないかなあ？」

年数が近いから、本木が山吹に話しやすいのではないか、と思ったけれど、山吹は直球すぎるかもしれない。悪気があって言っているのではないことは、私にはわかる。本木のことを思っているのだろうし、浅桜のことも考えての発言だろう。言っていることは何も間違っていない。でも、今そこを直球で詰めても、きっと本木は何も言わないだろう。

「人間関係もだけど、仕事内容はどう？」

私は何気なく話に交じる。本木はしっかり私のほうに顔を向ける。

「仕事内容ですか」

「うん。循環器の希望だったって聞いたんだけど、長期療養はどうかな、と思って」

「やりがいがあります」

本木は、即答した。

「長期療養には長期療養の看護があるんだって、浅桜さんに教えていただきました。とてもやりがいを感じています」

本木ははきはきと答えた。就職面接の模範回答みたいで、私は内心でため息をつく。

本木ごしに見える山吹は、少し口をとがらせていた。なんでもっと強く言わないんですか、とその目が訴えている。強く言えばいいってもんじゃないでしょ、と私は目で山吹をなだめた。

「本木ちゃん、いくらもどうぞ。卯月さん、食べないから」

話を変えるような口調で山吹が本木にお寿司を勧める。本木は「ありがとうございます」と言っていくらの皿を受け取り、それを自分の前に置いて、それからお茶を飲んだ。

「追加で何か頼みますか？」

山吹が注文用紙を手にする。本木から感情を引き出すのは難しい、と今日は諦めたのかもしれない。

「あ、ホタテとネギトロ」

私の注文を山吹が書いてくれる。

「本木ちゃんは？」

「あ、じゃあ、私も卯月さんと同じものを」

そう言いながら、いくらの軍艦を箸でつまんでは離して、またつまんでいる。海苔の部分をペタペタと何度も箸で触っている。

「ねえ、本木、もしかしていくら苦手なの？」

私の言葉に、本木は「え！」と驚いたような声をあげた。思わず感情が滲(にじ)んでしまった、といった声だった。

「いやっ……そんなことないです」

「え、だって食べそうで食べないから」

本木は黙っていくらの軍艦を見つめた。十秒以上じっと固まってから、とても小さな声で「実は……魚卵が苦手です」と言った。

「ええ！　やだ、なんで言ってくれないの？　本木ちゃんの良くないの、そういうところだよ？」

山吹が本木の皿をとろうとした。でも、本木はそれを制して「いや、でも頼んでいただいたものなので、いただきます」と言う。

私は驚いた。何がここまで本木の行動を規制しているのだろう。

本木は、看護の仕事に限らず、理想的なものに自分をはめこむ癖があるのかもしれない。先輩が食べるまで自分は口をつけない。仕事にはやりがいがある。好き嫌いは言わない。そうやって、理想的な優等生の型に自分をはめながら過ごしてきたのだろう。今まではそれでもやってこられたのかもしれない。でも、看護師の仕事はそれで乗り切れるほど易しくない。型にはめこまれたままつぶれてしまう前に、この子の型を破ってあげたいと思った。でも、それができるのは自分自身だけなのだ。まわりは助言し、サポートするだけ。他人を変えることはできない。看護と同じだ。実際に頑張るのは患者。看護師は、ほんの少しだけ肩を貸す程度のサポートしかできない。

「私いくら好きだから、何皿でも食べるって」

結局山吹が本木の皿をとりあげて、軍艦をもりもり食べた。

「卯月さんも本木ちゃんも、このプチトロの良さがわからないなんて、もったいないです」

山吹が、若干すねた口調で言う。

「もう大人なんだから、好き嫌いくらい自分で決めさせてよ、ねえ？」

私は本木の顔をのぞく。本木は、少し戸惑ったような顔でうつむいた。

翌日は昼までゆっくり寝て、冷凍チャーハンで遅い昼ごはんを済ませ、またベッドに潜った。夜勤前は、ぎりぎりまで体を休めておきたい。出勤時間まで、布団の中で微睡(まどろ)む。

夜勤の間中、関さんの枕元には「思い残し」の女性がいた。相変わらずお金を握りしめたまま、しゃがんでいる。結局どこの誰なのか、わからないままだ。

もしかしたらこのまま関さんの容態が悪化してしまうかもしれない。私は焦り始めていた。関さんの「思い残し」も解消できないし、この女性がどうしてこんな表情をしているのかもわからないままだ。私はどちらのことも救えない。

私は「思い残し」が視(み)えるからこそ患者自身に一層寄り添えているはずだ、と思っている。せっかく視えるのだから、解消してあげなければならない。そう、私はやらなければならないのだ。

ナースステーションでバイタルサインの入力をしながら、関さんの元勤務先の名前を確認する。「いろは石材」、そこへ行けば、何かわかるかもしれない。

夜勤明け、見上げる空が明るい。久しぶりの、梅雨の晴れ間。私はさっそく「いろは石材」の場所を調べてみる。歩いて三十分くらいで着きそうだ。病院の前のコンビニで軽く食べるものを買ってから歩こう、と思っていたらスマートフォンが鳴った。浅桜からのラインだ。

【卯月さん、夜勤明けですよね？　少し会えますか？】

今日浅桜は休みだ。この前、本木とお寿司を食べに行った日のことはラインしておいたから、そのことで直接話したいのかもしれない。

【今、病院前のコンビニで朝ごはん買ってる。会えるよ】

【すぐ行きます】

ペコリと頭を下げる猫のスタンプが送られてくる。ふとスマホの充電を確認すると、残り少なくなっていた。夜勤の休憩中に充電したのに、最近は減りが早い。もう三年ほど使っているから、バッテリーが古くなっているのかもしれない。

ツナマヨのおにぎりとペットボトルのお茶を買っていると、ラインの通り本当にすぐに浅桜は来た。地方から出てきて病棟に勤務する独身の看護師は、病院の近所に住むことが多い。時間の不規則な仕事だから、なるべく早く帰れるほうがいいし、体の負担を少しでも減らしたい。浅桜も近くのアパートで一人暮らしだ。

「お疲れ様です。夜勤明けにすいません」

「大丈夫だよ」

どちらにせよ、今日はすぐに寝ないで「いろは石材」に行こうと思っていた。コンビニの前だと、まれに知っているご家族に会うことがあるから、私たちは少し移動して、近くの団地の小さな公園のベンチに座った。昨日まで降り続けた雨で、公園には水たまりが張っている。久しぶりに太陽を浴びた草木が、きらきらしている。

私はおにぎりを食べながら、本木と食事に行った日のことを詳しく話した。本木が自分を優等生の型にはめこんで抜け出せないのではないか、という想像も話した。浅桜はじっと話を聞いていた。

「どうしてあげたらいいんでしょう」

長い髪をゆるく束ねた浅桜の横顔は、疲れているように見えた。疲労によって、浅桜の儚さがより際立っている。握ったらくしゃっとつぶれそうなほど、繊細に見えた。

「あんまり考えすぎないでいいんじゃない？　今でも浅桜はしっかりやっているし、それを受けてどうするかは、結局本木の問題だよ」

浅桜は小さくため息をついた。

「御子柴さんにも、そんな感じのことを言われました」

「プリセプターの仕事は看護師の重荷になることもあるから、主任をはじめ上司のサポートがしっかりしている。浅桜も御子柴主任に相談していたようだ。

「『浅桜さんのやり方は間違っていないですよ。今まで通りに接して、今後どうしていくかは本木さん次第です』って」

「うん、私もそう思う」

「御子柴さんに話を聞いてもらって、少し安心しました。自信失くしちゃってたから」

さーっと風が吹いて、湿った土の匂いを運んでくる。小さな花壇に咲く色とりどりの花が、さわさわと揺れた。

「いろいろありがとうございます。卯月さん、これから帰って寝るんですよね。引き止めちゃってごめんなさい」

「ああ、いいんだ。今日はすぐ寝るわけじゃないから」

浅桜が私に迷惑をかけたわけじゃない、と伝えたくてそう言った。

「おでかけですか？」

「いや、おでかけってほどじゃないんだけど」

浅桜にも「思い残し」のことは言っていない。でも、なんだか意味深な、言い訳めいた口調になってしまったから、正直に「いろは石材」に行ってみようと思っている、と話した。

「いろは石材って、関さんの元職場ですよね」

「そうそう。サンドブラストって実際どんなものなんだろう、ってちょっと興味でちゃって」

まったく知らない人ならまだしも、仲の良い同僚に嘘をつくのは、罪悪感がある。でも「思い残し」のことを言ったら、おかしな人と思われてしまうだろう。

「患者さんの、病院以外での姿って、気になりますよね」

浅桜は良いように解釈してくれたようだった。

「うん。それもあるね」

「私も一緒に行っていいですか？」

「え、どうして？」

意外な発言に目を見開いてしまった。

「私も、サンドブラストって見てみたい気がしますし、ご病気になる前の患者さんのこと、少しでも知りたい気持ちわかります。それに、一人で家にいるとなんか落ち込んじゃうんですよ」

浅桜は弱々しく微笑んだ。「思い残し」のことを探るには一人で行ったほうがいい気もしたけれど、うまく断る理由を見つけられず「うん。じゃ、一緒に行こう」と返事をしてしまった。

いろは石材は、広い石材店だった。建物のまわりに、墓石のようなものや、石像などがたくさん置いてある。サンドブラストへの関心は口実だったが、実際に見てみると興味をひかれた。

「あら、唯(ゆい)ちゃんじゃないの」

女性の声が浅桜を呼ぶ。

「え！」

浅桜が驚いた声を出す。

「どうしたの？　なに、石材に興味があるの？」

「あ、まあ、そうなんです。サンドブラストっていう手法があることを最近知って、実際どんなものなんだろうって気になって」

声をかけてきた女性は、五十代くらいの派手めなご婦人だった。短いパーマの髪がくるくるしていて、毛先は明るい茶色に染められている。年齢も外見も「思い残し」の女性ではない。

「唯ちゃん、看護師さんよね？　もしかして、関さんのことで来たの？」

「え？」

たしかにここは関さんの元職場だけれど、関さんの病状は個人情報だ。私たちが勝手に話していいことじゃない。浅桜も関さんのことは何も言えずにいる。黙っている私たちを見てご婦人は「あら違うの？　関さんっていう、腕のいい職人さんがいたんだけどね、肺をやられちゃって、入院しているらしいのよ」と言った。

「そうなんですね。ところで、あの、ここで何をしていらっしゃるんですか？」

「何って」

ご婦人は目を丸くして「私ここで働いているのよ」と浅桜の肩をパシパシと叩きなが

ら笑った。

ご婦人は、浅桜の住んでいるアパートの隣人だそうだ。面倒見のいい人で、仕事で不規則な生活をしている浅桜をいつも気にかけてくれるらしい。食事を作って持ってきてくれたり、「田舎から送られてきたから」と野菜をおすそ分けしてくれたりする、今時珍しいタイプの隣人だそうだ。そして、いろは石材で事務の仕事をしているらしい。

浅桜は私を職場の先輩だと紹介した。石材店の建物に入って、応接ソファに座る。ご婦人は手際よくお茶を淹れてくれた。

「サンドブラストに興味があるって言ってもね、実際に動かすのは現場の職人だから、私は実物は見せてあげられないのよ」

そう言いながら写真を何枚か見せてくれた。一枚目には墓石にゴム版のようなものを貼り付ける男性の後ろ姿が、二枚目には墓石を布で覆いその中で作業している姿がうつっていた。墓石の横に小型の機械が置いてあり、そこからホースのようなものが伸びている。その機械がサンドブラストのようだ。写真の男性は、一枚目と二枚目で違う人のようだが、関さんかどうかはわからない。

「こうやって、版を作ってもらって、その上からサンドブラストで砂を吹き付けて、お戒名を彫るのよ」

ほかにも写真を見せながら丁寧に説明してくれたが、関さんとわかる姿は見つけられなかったし、「思い残し」の女性もどこにもうつっていない。仕事関係の人ではないのだろうか。

「サンドブラスト職人の方が関わるのって、石材店の方以外だと、どんな方なんですか？」

「一番は、霊園の管理者かしら。あとは、お寺さん。うちの石材店だと、西部霊園が一番関係してくるわね。近くに大きなお寺さんあるでしょう。あそこの住職さんが霊園の管理もしているのよ」

「そうなんですね」

浅桜と一緒に来たことが逆に功を奏して、事務のご婦人からいい情報が聞けた。お寺と霊園に行ってみよう。「思い残し」につながるヒントが石材店にはなかったから、早く次をあたらなくては。

「あら、もういいの？　もっとおしゃべりしていけばいいのに」

ご婦人は引き止めてくれたが、私も浅桜も暇（いとま）を告げて石材店を出た。

「卯月さん、何か調べているんですか？」

浅桜が聞いてくる。たしかに、私の言動は不審だっただろう。

「いや、別に、そういうわけじゃないんだ」

湿った風が私の髪を撫でていく。こういうとき、「思い残し」のことを全部言えたら楽なのかもしれない、と一瞬思ってしまう。でもすぐに、千波の笑顔が脳裏に浮かぶ。何もかもが美しかったあの日の、グラデーションに染まる空。これは、私が一人でやらなければならないことなのだ。

「何か私にできることあったら、言ってくださいね」

浅桜は優しいと思う。自分がプリ子のことで悩んでいる最中だというのに、私のことも気にかけてくれる。

「ありがとう。浅桜は、一人で帰って大丈夫？」

「はい。予想外にお隣さんに会えて、自分のことを考えてくれる人がたくさんいるって、改めて思えました」

「あんまり思いつめたらだめだよ。浅桜は一人じゃないんだから」

浅桜はうなずいて「卯月さんもですよ」と言った。

「そうだね。ありがとう……じゃ、またね」

浅桜と別れて私は歩き出す。「一人じゃない」。そうだ。私だって、きっと一人じゃない。

お寺は、いろは石材から歩いて十分ほどの場所にあった。入り口に大きな銀杏の木があり、広い。敷地に入ると、濃い紫色の袈裟を着た男性が歩いていた。

「すみません」

その人はゆっくりと振り向いて、微笑んだ。

「なんでしょう」

「あの、お墓などに文字を彫るサンドブラストについて調べているのですが」

これは、嘘ではない。

「はい」

「あれって、石材店の職人さんがやっているんですよね？」

「そうですよ。お戒名のご依頼ですか？」

「あ、違うんです。えっと、職人さんのお仕事のほうに興味があって。それで、今いろは石材に行ってお話を伺って、ここのお寺の住職さんも関わりがあるよ、と教えていただいたものですから」

「そうでしたか。私がここの住職です」

住職さんは、すっと姿勢が良く、肩幅の広い大きな体をしていた。包み込まれるような安心感を与える人だな、と思う。でも、「思い残し」は女性だったし、この人ではない。

「石材店の職人さんたちは、本当に美しくお戒名を彫ってくれるから、感謝しています」

「職人さんが関わるのって、住職さんとか霊園の人以外に誰かいますか？」

「関わる人……ああ、施主さんにお会いすることはあるんじゃないですかね」

「せしゅさん？」

「はい。お墓にお戒名を彫るための依頼主さんです」

「会うことがあるんですか？」

「ええ。職人さんたちの作業は、通常、早朝などお墓参りの人が少ない時間にやっていただいています。でも、ときどきお戒名を彫る作業を見たいという施主さんもいらっしゃいます。ご自分のご家族が、どんな風なお戒名になるのか、知りたいのは当然ですよね。そして、立派なお戒名に涙する方もいらっしゃいます」

人が亡くなってからも、関わる人たちはたくさんいるんだと思った。看護師は、生きている患者を相手に仕事をしている。看取りをしても、エンゼルケアをすればそこで仕事は終わりだ。でも、お墓を作る人もいれば、戒名を彫る人もいる。その作業を見守ることは、亡くなった家族を悼むことにつながるのだろう。

「そうなんですね……お忙しいところ、ありがとうございました」

住職さんにお礼を言って、お寺を出る。もし、関さんの「思い残し」が施主さんだったら、もう追うことは難しいのではないかと心配になる。空が重くなってきている。久しぶりの晴れ間だったが、もしかしたら午後から雨かもしれない。私は足早に霊園に向かった。

霊園は寺のすぐ裏にあった。こうやって改めて見てみると、墓石に彫られている字は細かくてとてもきれいだ。今まで何度も見たことがあるはずなのに、どうやって彫っているかなんて考えてもみなかった。

　霊園の管理者は住職さんだそうだが、掃除をしたりする職員がいるらしい。霊園の中を歩いてまわっていると、作業着姿でゴミを拾う男性がいた。男性の時点で、関さんの「思い残し」ではない。やっぱり「思い残し」の女性は施主さんなのだろうか。施主さんが職人をにらみつけるのは、どんな状況だろう。険しい顔でお金を握りしめる「思い残し」と、さきほど聞いた「お戒名に涙する」という話とは、どうもイメージが嚙み合わなかった。

　雲間からのぞいた薄い陽光が、足元に短い影を作る。もうすぐ昼になる。夜勤明けで勢いのまま行動してきたけれど、「思い残し」に近付くことはできていない。今日は諦めて一度家に帰ったほうがいいかもしれない。陽はすぐに陰り、空はまた雲に覆われた。

　いろは石材のほうへ戻ると、店の前に、さっきはなかった軽トラが停まっていた。チラッとのぞくと、運転手らしき男性と事務のご婦人が立ち話をしている。男性は六十代くらいで、丸い大きな顔の下で首の肉がだぶついている。作業着のファスナーが窮屈そうなほど太っていて、暑いのかハンカチでしきりに顔をぬぐっている。

「聞いてよ。まーた金庫の金が盗まれたんだよ」

　私は思わず足を止めた。お金が盗まれたと聞こえた。

「またですかあ？　八雲社長、誰かに恨まれてません？」

　ご婦人が笑いながら言う。

「知らないよ。今度、防犯カメラつけてやろうと思って。犯人見つけて、警察に突き出してやるんだ」

　八雲社長と呼ばれた男性は、興奮気味に唾を飛ばしている。誰かがお金を盗んでいるらしい。私は「思い残し」が握りしめていたお金を思い出す。何かがカチリと音を立ててはまる感覚がする。軽トラを見ると「工房　八雲」とペイントされていた。

　スマートフォンを取り出す。良かった、まだ充電はなくなっていない。検索してみると、工房八雲はこのすぐ近くにあった。サンドブラストをするときに必要な、版を作っている工房らしい。私は家へ帰るのをやめて、マップを頼りに工房八雲へ向かう。

　歩いている途中に、八雲社長の軽トラに追い抜かされて、マップの場所に停車した。社長は軽トラを降りると、工房へ入っていった。私はそっと近付いて、窓から中をのぞく。

「お前たち、さっさと手を動かせ！」

　突然の怒声にスマートフォンを落としそうになる。社長の声だ。

「期限内に作業が終わらない奴は、減給だぞ！　お前たちは、戒名以下だ。死人以下だ！」

こういった工房の平均がわからないけれど、窓から見える部屋はそんなに広くなかった。十畳程度だ。そこに、机が並べられて、六人の女性たちが社長の罵声を浴びながら机に齧りつくように作業をしている。

人の戒名に関わる仕事をしている社長が、あんな発言をしていることに私はショックを受けた。住職さんは「立派なお戒名に涙する方もいらっしゃる」と話していた。私も、亡くなった人の戒名を彫る仕事に尊敬の念を持つようになっていたのに。

黙々と作業をする人たちの中で一人、少し顔をあげて八雲社長をにらみつけるように見ている人がいた。私はその顔を見て、あっと声を出した。無造作に一つに結った髪、キャラクターの絵柄のついた黒いロンT、くっきりした二重でにらみつける表情。関さんの「思い残し」の女性だ。

戒名を彫るための版を作っている人だったのか。それなら、サンドブラスト職人の関さんと接点があってもおかしくない。あれは、関さんに向けられた視線ではなかったのだ。社長への憎しみに満ちた表情でお金を盗んでいるところを、たまたま関さんが目撃してしまったのだろうか。関さんも社長の性格を知っていて、女性を心配したのかもしれない。

八雲社長は怒鳴り続けていた。従業員たちの人格を否定するような言葉が続く。私は、心が沈んでいくのを感じる。こんなひどいことばかり毎日言われていたら、社長を恨む人も出てくるかもしれない。お金だって、盗みたくなるかもしれない。パワハラだって犯罪のようなものだ。でも、窃盗も犯罪だ。同情したくなる気持ちもあるけれど、私は関さんの「思い残し」を解消するためにここに辿り着いた。やっと見つけた女性を見逃すことはできない。

八雲社長はさんざん怒鳴り散らしてから、工房を出てきた。そのまま軽トラへ乗ってどこかへ出かけていく。私は軽トラが見えなくなるまで見送ってから、工房の窓へ近付いた。指で小さくノックをする。

「すみません」

窓の近くの席で作業をしていた女性が腰を浮かすほど驚いて私を見る。いぶかし気な表情で、でも一応窓を開けてくれる。

「なんですか」

「驚かせてごめんなさい。あの、あそこの席に座ってる、黒いTシャツの人に用があるんですけど、呼んでもらうことってできますか？」

窓際の女性は不審そうな顔で私を見たが、二つ隣の机で作業をしている「思い残し」の女性に声をかけてくれた。女性は少し首を伸ばして私を見る。険しい表情が癖になってしまっているのだろうか。表情に柔らかさは感じなかった。

女性は億劫そうに窓まで歩いて来て「なんですか？」と平坦な声で言う。私は小さな声で「すぐ終わるので、外でいいですか？」と返した。女性は渋々といった感じで、工房から出てきてくれる。

「なんの用ですか？　忙しいんですけど」

女性は苛立ちを隠しもせず、腕を組んで言った。

「あの、私は本当に通りすがりの無関係な者なんですけど……八雲社長が金庫のところに防犯カメラをつけるって、さっき言ってました」

女性が、ハッとした顔をする。私の予想は当たっているようだ。驚きのあとに、怯え、私への警戒心。そういったものが、瞬時に駆け巡ったのだろう。

「どういう意味ですか」

「特に意味はないです」

「なんなんですか？　あなた誰です？」

「だから、通りすがりのおせっかいな者です」

「ほんとに、おせっかい。あなたに何がわかるっていうんですか？」

女性は、怒っているように見えた。突然現れた見ず知らずの人に窃盗がバレているかもしれない、と思ったら、怖いだろう。その恐怖が、怒りとなって発散されているようだ。私はなるべく怯えさせないように気を付けながら、できる限りのことは伝えたいと思った。そのうえでどうするかは、この人次第なのだ。人の行動は変えられない。でも、声をかけて、きっかけを作ることはできる。

「私はただ想像でものを言っているだけですが、たぶん、身近に気付いている人がいると思います。その人は、告げ口をせずに黙っていてくれています。でも、すごく気にかけてくれている。そういう人がいるということだけ、知っていてください」

女性はぎゅうっと目を細めて、私をにらむように見た。

「なんにも知らないで勝手なこと言わないでくれます？　こっちがどれだけ大変か、あなたみたいな若者にはわからないでしょ」

吐き捨てるように言う。

「子供は小さくて手がかかる。夫は病弱で働けない。私は書道くらいしかできることがない。そんな状態で、どうやって働けっていうんですか。ここの工房でやっと筆耕の仕事を見つけたのに、あなたはそれも奪う気ですか」

たまっていた鬱憤の矛先を見つけた、と言わんばかりの勢いだった。「ひっこう」というのは、さっきこの人がやっていた作業のことだろうか。

「そんなつもりじゃありません。でも、気付いているけど告げ口しないで見守っていてくれた人もいるっていうことです」

「告げ口って、あなたのことじゃなくて？」

「私じゃありません」

「あんなクソ社長の金なんか、少し盗られるくらいでちょうどいいでしょ」

ふんっと鼻息を吐いて、女性は工房へ戻っていった。私にできるのは、ここまでかもしれない。これからこの人がどうするかは、私には決められない。少なくとも「思い残し」に会って、思いを伝えることはできた。これで充分だと自分に言い聞かせよう。

重く垂れこめていた雲から、細かい雨が降り出した。私は、工房を振り返らずに家への道を歩き出した。

それから数日、雨が続いている。この時期にしっかり降ると土に水分が蓄えられ、夏野菜に良い影響があると聞いたことがあった。冷たい雨にも、意味はある。

関さんと同じ部屋の患者の口腔（こうくう）ケアをしていると、関さんのカーテンの中から明るい声が聞こえてきた。

「そういえば、工房のお金、金庫に戻っていたらしいわよ」

面会に来た奥さんだ。

「戻ったって言ってるけど、もともと盗まれていなかったんじゃないか？」

関さんの楽し気な声も聞こえる。どうやら、あの女性はお金を金庫に返したようだ。

私に怒りをぶつけた女性を思い出す。吐き捨てるように、自分の置かれている不運な環境を訴えていた。お金を盗まなければならないほど追いつめられている人がいるという現実に胸が痛む。でも、盗みは犯罪だ。越えてはいけない境界線というものはある。

「どうかしらね。あそこの社長さん、口悪いでしょ。だから神様がこらしめたんじゃないの?」

「ははは。そのくらいで反省する人とは思えないなあ」

あの社長のパワハラは、まわりにも伝わっている。関さんのように気にかけてくれる人が、きっとあの女性のまわりにはまた現れてくれる。そうしていろんな人の肩を少しずつ借りながら、どうかあの表情が和らぐような日が来ますように。人は誰でも、一人じゃないんだから。


検温の時間になって関さんのいる部屋へ行く。

「関さん、ご面会中失礼します。午後の検温しますね」

私は声をかけながらカーテンの中に入る。

「お、卯月ちゃん、よろしく」

「あなた、卯月『さん』でしょ! もう、すみませんね」

奥さんが関さんのお腹をつつく。その枕元には、もう「思い残し」はいなかった。私はホッと胸を撫でおろし、ベッドサイドへ近付いた。

3　苦しみと目を合わせて

今年も暑い。毎年、猛暑と言われ続けて何年経ったのだろう。病棟の談話室の窓から見える日差しがぎらぎらしている。空調が効いてはいるが、ずっと寝ていて動けない患者に合わせて温度が設定されているから、動き回っている看護師にとってはそこまで涼しくない。患者と看護師では、体感温度が違うのだ。

十一時少し前、午前中最後のオムツ交換をする。ヘルパーさんと一緒に順番にベッドを回っていると、急に病室がぐっと冷えてきた。空調が強くなったようだ。私は、もしかして、と思いながら、オムツ交換を終えてナースステーションに戻る。やはり設定温度が下げられていた。

病室のほうから山吹(やまぶき)が歩いてくる。

「もしかして、山吹、空調下げた？」

「ああ、ごめんなさい。わかってるんですけど、暑くて～」

ふっくらした頰は薄く紅潮していて、汗もかいている。いかにも暑そうだ。

山吹は、午前中ずっとお風呂介助だった。真夏のお風呂介助は、実際地獄だ。白衣が濡れないように防水の重いエプロンみたいなものを着て、長靴を履いて、お湯をかけて介助をする。お風呂場も脱衣所も温めておかないといけないため、介助者にしてみたら服を着たままサウナにいるようなものだ。そこで患者を支えたり、車椅子に移乗させたり動き回るから、汗だくになる。

「お風呂介助暑いよね。お疲れ。水分とっておいで」

「すいません」

山吹は腰に手をやり背中を後ろに反らせて「んー」と唸ってから、早足でナースステーションを出て休憩室に入っていった。看護師の仕事は前かがみの姿勢が多いから、腰痛持ちが多い。マイコルセットを持っている人もいる。お風呂介助も、中腰の作業が多いから、腰には悪い。

休憩室に行った山吹はすぐに戻ってきた。勤務時間内は基本的に病棟を出られないから、おそらく急いで買い置きのスポーツドリンクをがぶ飲みしてきたのだろう。山吹の白衣は胸ポケットのところにピンクのラインが入っていてかわいい。看護師は動きやすいことが大切なので、白衣選びは重要だ。伸縮性があるもの、しわになりにくいもの、病院で洗濯に出せるところもあるが、家で洗いやすいかどうかも大切だし、下着が透けないことも考慮したい。お風呂介助をする日は、通気性の良いものがいいし、仕事内容によって変える人もいる。

看護師の白衣や身の回りの備品は、規定がない病院なら、年に二回ほど病棟に届く専門の通販雑誌でみんなだいたい買っている。山吹のようにかわいいデザイン性で選ぶ人もいれば、機能性重視の人もいるし、お値段重視の人もいる。カタログで買える聴診器は色が豊富だし、小児科の看護師は名札にキャラクターものを使う人もいる。みんな少しの工夫で個性を出しているのだ。観光地によく売っているご当地ものの、ポケットにさすタイプのボールペンは、看護師へのお土産でだいたい喜ばれる。

本木（もとき）が空の点滴ボトルを持ったままナースステーションに入ってきた。点滴の交換をしてきたようだ。いくつか設置されている分別のゴミ箱を確認している。ナースステーションのゴミ箱は、分別が厳しい。普通のゴミと、血液や体液など感染性のあるゴミと、完全にわけなければならない。本木は、間違えずに捨てた。プリセプターと二人一組で働く三ヵ月の期間を終え、もう独り立ちしている。仕事は慣れているように見えるし、覚えもいい。でも、なんだか元気がないように見える。山吹も、一緒にお寿司を食べにいった日から特に本木にアドバイスをしている様子もないし、何かに追いつめられているような本木のことが心配だった。

私も少し夏バテ気味かもしれない。疲れがずっとうっすら残っている感じがする。自分の健康管理をしっかりできないと、看護の仕事は大変だ。

日勤を終えて蒸し暑い通りを歩く。体が重い。アパートまではすぐなのに、十七時はまだまだ暑くて、道のりが遠く感じる。Tシャツが汗で濡れて気持ち悪い。家に着いてドアを閉めると、意図せず大きなため息が出た。千波の写真に「ただいま」と声をかける。

夕飯を作るのが面倒くさい。レトルトのカレーにしてしまおう。冷凍庫からラップで包んだごはんを取り出してレンジに入れる。買い置きのレトルトカレーを取ろうとシンクの下を開けると、むわっと湿っぽかった。そういえば除湿剤を全然替えていない。

「ああ、ドラッグストア行かなきゃ……」

ひとり言を言いながらカレーを取って、レンジに入れる。最近は湯煎しなくていいものが多いからありがたい。ごはんを皿にうつして、温まったカレーをかければ出来上がりだ。千波との夕飯も簡単に済ませることがあったな、と思い出す。二人とも残業があった日や忙しくて疲れた日は、レトルトカレーやレンジで作れる牛丼などによくお世話になった。あの頃は、シンクの下の除湿剤もマメに交換していたのに。

「いただきます」

小さく声に出して言ってから、カレーライスを食べる。ごはんはまだ少し冷たいところが残っていた。

翌日もまた暑かった。朝、出勤するだけですでに体がべとついている。更衣室に着いてから、ボディシートで首や脇を拭く。看護師が汗臭いと、患者に不快で不衛生な印象を与えてしまう。着替え終えて廊下へ出ると、髪を振り乱して走ってくる山吹を見つけた。

「山吹、おはよう。遅いんじゃない？」

「寝坊しました。やばいっす！」

汗だくで更衣室に入っていった。看護師の勤務時間は引き継ぎを境にしっかり分けられているから、遅刻したら大変だ。今は七時五十分、なんとか間に合うだろう。急ぎなーと山吹に一声かけて、私は病棟へ向かった。

「ラジオで今日も猛暑って言ってたよ。外暑そうだね」

朝一の挨拶に回っているとき、男性部屋の窓側から熊野(くまの)さんが声をかけてくる。ギャッチアップしたベッドの上で、窓の外を眺めている。明るい光が注いでいるからか、目を細めている。

「眩しいですか？　カーテン閉めます？」

「いや、そのままでいいよ」

熊野哲也さんは、四十二歳の男性で、小さな垂れ目は人の良さそうな印象だが、顔や首元がひどく瘦せているため、厳しい修行をしている僧侶のような雰囲気でもある。皮膚や白目は全体的に黄色みがかって、くすんでいる。体調を崩して病院に受診したときは、もう治療のしようがないほどの末期の肝臓癌だった。それが二月頃だったから、入院して半年、病状から考えればずいぶん持ちこたえているほうだと思う。腹水で膨れた腹部とむくんだ足が重そうだ。ウェルニッケ脳症というアルコール性の脳症を発症し、コルサコフ症候群という認知症症状が出ているため、作話などの症状はあるが、意思の疎通はとれる。作話とは、完全な作り話をしたり、まったくの嘘の会話をしてもその話に当たり前のように話をあわせてきたりすることで、アルコール性の認知症にある症状だ。

「血圧とお熱測りますね」

朝一のバイタル測定をおこなう。

「こんなに天気のいい日は、ビアガーデンでも行きたいねえ」

熊野さんが若干の自嘲を込めて言う。

「気持ち良さそうですね」

私は、自嘲には触れず返事をする。熊野さんがこんな状態になったのは、お酒の飲みすぎによるものだからだ。二十歳になってすぐから飲み始めて、二十年以上。毎日のように、ビール、焼酎、日本酒、ワイン、などアルコールの入っているものなら何でも好んで飲んだそうだ。ハッピーライフという無添加食材を扱った宅配のドライバーの仕事をしていたが、飲酒運転が原因でクビになり、そのあとは食事配達サービスのアルバイトでなんとか働いていたらしい。仕事が不安定になったあたりから奥さんと喧嘩が増え、三年前に離婚。それからは、何日かに一度アルバイトをしつつ、お酒に溺れる日々だったそうだ。

「あいつには苦労をかけたよ」

奥さんの話をするたび、熊野さんは寂しそうに言う。

飲酒運転でハッピーライフをクビになった時点で、おそらくアルコール依存症だったのだと思う。仕事や運転に支障があるとわかっていても飲んでしまうのだから、精神科を受診していれば依存症の診断はついただろう。その時点で医療につながっていれば、今ほど悪くならずに済んだのではないかと思うと、もう仕方のないこととはいえ、悔やまれる。医療にかからないまま、アルコール性肝炎、肝硬変、肝臓癌と進行してしまった結果が、今なのだ。

「失礼しますね」

私は声をかけながらぼってりと重いむくんだ足を少し持ち上げて、皮膚を観察する。同じ個所がシーツに当たっていると負担がかかって赤くなるから、足首の下にクッションを入れて浮かす。褥瘡と呼ばれる、いわゆる床ずれを起こしたら大変だし、細菌感染のリスクも高い。確認してから、保湿のための軟膏を塗る。

「痛くないですか？」

「うん、大丈夫」

「何かありましたら呼んでくださいね」

ナースコールのボタンを手元に置いて退室しようとしたとき、ボールペンを落としてしまった。白いリノリウムの床をころころと転がる。私はしゃがんでベッドの下をのぞき込んだ。次の瞬間、驚きのあまり思わずヒッと息を呑む。反対側から、同じようにベッドの下をのぞき込んでいる女性と目が合った。いや、そう錯覚した。一つ呼吸を整えてよく見ると、女性はうっすら透けている。色が白く細い女性で、口元にアザがあるようだ。

「ん？　大丈夫？」

熊野さんがベッドの上から声をかけてくれる。私は少し手を伸ばしてボールペンを拾い、ゆっくり体を起こしながら「ああ、はい。大丈夫です。すみません、ボールペン落としちゃって」と取り繕った。

さりげなく窓際のほうへ行き、女性を眺めてみる。白いワンピースを着ていて、瘦せた背中を丸めて屈(かが)んでいる。口元のアザは、赤紫色っぽかった。全身がちゃんと視(み)えないことで不安をかきたてられる。ほかに怪我はしていないのか。転んで顔をぶつけたのか、まさか誰かに殴られたのだろうか。事件や事故に巻き込まれている可能性はないか。不穏な場面が次々と脳内に溢れて、唇を嚙む。女性は、無事なのだろうか。

別れた奥さんだろうか、と思い床頭台(しょうとうだい)に飾ってある写真をちらりと見る。奥さんは、川越の「時の鐘」を背景にしてにっこり笑っていた。夫婦で遊びに行ったときに撮影したらしい。明るい色のスカーフをして、ふくよかな、活発な印象の女性で、「思い残し」の女性とは違うようだった。もしかして、恋人だろうか。もう離婚しているのだから恋人がいてもおかしくはない、と思ったけれど、それなら一度くらいは面会に来ても良さそうだ。熊野さんの面会には誰も来たことがない。それに、もし恋人がいたとしたら、元奥さんの写真を床頭台に飾るのはおかしいか。

女性はかなり若いように見えた。二十代か、下手をしたら十代かもしれない。それなら娘かもしれない、という可能性も考えたが、熊野さんには子供がいない。怪我をした若い女性を目の当たりにする場面とは、いったいどんなときだろう。

休みを一日はさんで出勤すると、病院の前で山吹に会った。

「おはよう。今日は寝坊しなかった？」

私が笑いながら声をかけると、山吹も笑った。

「アラームかけたスマホ、手の届かないところに置くようにしました」

「わかる。止めて二度寝しちゃうとやばいよね」

今日は時間に余裕がある。おしゃべりしながら更衣室まで二人で歩いた。外が暑かった分、クーラーが気持ちいい。

病棟へ着いて、熊野さんの看護記録を見ると、昨日は一日排便がなかったようだ。肝機能の悪い人は、排便コントロールがとても大切だ。便がたまると腸内でアンモニアが発生し、脳へ悪さをするのだ。私は嫌な予感を抱えながら朝の引き継ぎを受け、朝一の挨拶に回る。

「熊野さん、おはようございます。日勤の卯月です」

ギャッチアップした状態の熊野さんは私のほうは見ずに、どこか遠くを眺めている。

「熊野さん、大丈夫ですかー？」

「虫が、虫が……」

うわごとのように熊野さんがつぶやく。私の嫌な予感は当たったらしい。ナースコールを押す。

「熊野さん、ちょっと腕をいいですか？」

腕を、前へならえのように前に出してもらうと、案の定、手がパタパタと揺れた。羽ばたき振戦という症状で、肝性脳症という、肝機能低下による脳症の症状だ。

『どうされました～？』

ナースコールから、山吹の呑気な返事がくる。

「卯月です。熊野さん、肝性脳症で朦朧としてる。ドクターコールして。あと、GEあっためといて」

早口で伝える。GEとは、浣腸のことだ。この状況でベッドサイドを離れるわけにはいかない。すぐに使えるように準備しておいてもらいたい。

『っ、はい』

慌てた様子の山吹の返事がきてナースコールが切れる。

排便がなかったなら、なんで先生に報告しなかった？　なんでGEの指示をもらわなかった？　昨日の日勤誰よ……と心の中で毒づく。リモコンを操作する手に思わず力が入ってしまう。ベッドを平らにし、錯乱を起こして柵に体をぶつけたら危ないから、体とベッド柵の間にクッションを挟む。血圧を測るとき、反抗的な態度はない。ピピッと音が鳴る。血圧は大丈夫そうだ。

「失礼しますね」

サーッとベッドまわりのカーテンを閉めて声をかけながらオムツをのぞく。失禁はしていない。担当医が部屋に来る。若い勤務医だが、熱心で良い先生だ。

「熊野さーん、ご気分いかがですか?」

先生が熊野さんの顔をのぞきこみ、声をかける。

「虫が……」

「僕のこと覚えています? この前、一緒に食事に行きましたよね」

「ああ、あの店か……美味しかったね」

ぼんやりとした口調で会話に応じる。作話だ。熊野さんは先生と食事に行ったことなどないのに、作り話に話を合わせてきた。先生はそれを確認するためにわざと作り話をしたのだ。

「虫の幻視もあったようです。あと羽ばたき振戦がありました。血圧は120/70。失禁はないです。昨日排便がなかったみたいなんですけど、GEの指示もらっていいですか?」

端的に状態を報告する。先生は「GEやってください。排便あったか、また連絡ください」と言って戻っていった。

「卯月さーん、準備しました」

山吹が、トレイにGEとワセリンを載せて熊野さんのベッドサイドへ来る。ほんわかして見えるけれど、仕事はてきぱきできるのだ。

「ありがとう。今手伝ってもらえそう?」

「はい。大丈夫です」

「熊野さん、昨日お通じ出てないので、浣腸しますよ」

熊野さんをゆっくり横向きにし、使用していたオムツを敷く。山吹に支えてもらいながら、GE液を注入する。腹水がたまっているから、強くマッサージはできない。優しくゆっくりお腹をさすると、すぐに軟便があった。

「良かった」

「出ましたね」

排便後は血圧が下がることもあるからすぐに測定する。低下はなし。ぬるいお湯と石鹸で陰部とお尻をきれいに洗って、新しいオムツに交換した。

「熊野さん、お疲れさまです。終わりましたよ」

熊野さんはまだ少しぼーっとしているようだった。排便があったことでアンモニアの上昇が抑えられ、症状が落ち着くことを願うしかない。

「こうえ……」

片付けをしていると、熊野さんがひとり言のようにつぶやいた。

「何ですか？」

「こうえん……女の人……怪我して……」

私は、鳥肌が立った。怪我をした女の人。まさか「思い残し」の女性か？

「作話、ですかね」

山吹がこそっと私に話しかける。

「どうだろう。わかんないね」

「公園で……女の人が」

熊野さんのひとり言は続いていた。朦朧としているのか、作話なのか、事実なのか、わからなかった。私は、そっと足元に目をやる。女性は今日も変わらず小さく屈んでいる。

お昼ごはんは食べられなさそうだから先生に点滴の指示をもらい、明日からは排便があったかどうか毎日報告することになった。熊野さんの状態を観察しつつ、ほかの患者のケアに回る。熊野さんは、静かに横になっていた。

「ご気分いかがですか？」

「ああ、悪くないよ」

勤務の終わり頃には、熊野さんの意識レベルが戻ってきた。私は少しホッとする。

「日勤終わりなので帰りますね。すぐに夜勤の者が来ますから」

「ありがとう。また明日」

「はい、また明日。失礼します」

また明日……。あと何回こう言えるのだろう。また明日、と挨拶した人に永遠に会えなくなったことを、私は何度も経験している。コルサコフ症候群は不可逆（ふかぎゃく）的なものだし、一日排便がなかっただけで肝性脳症を起こし意識レベルが落ちるなら、近いうちに「また明日」と言えなくなる日がくるのだ。病棟の廊下を照らす電気は煌々（こうこう）と白く、私は自分の影を踏むように歩いた。

アラームを止めて、体を起こす。カーテンを開けると、朝から日差しが眩しい。今日は休みだけれど、早めに目覚ましをセットしておいた。暑そうな外の様子に一瞬怯むが、出かけるつもりだ。食パンにピーナッツバターを塗って、もそもそと食べる。スポーツドリンクを斜め掛けバッグに入れて、家を出た。

自転車でくすのき公園に向かう。熊野さんはうわごとみたいに「公園」と言ったように聞こえた。このあたりで公園といったら、まず思い浮かぶのがくすのき公園だった。熊野さんが入院してきたのは半年ほど前だ。「思い残し」の女性がもし怪我をしたまま公園にいるのだとしたら、それはもう事件だ。さすがにもういないだろうと思うけれど、確認しないではいられない。あの女性は、今どこで何をしているのか。

くすのき公園には、何度か行ったことがある。県道沿いの広い自然公園だ。駅前にあるレンタサイクルで自転車を借りて、県道をずっと走っていく。県道は、左側が法面（のりめん）でコンクリートに覆われている。日差しが強くて暑い。すでに背中は汗だくだ。自転車に乗るときも、ヘルメットは努力義務になった。レンタサイクルの場所に置かれていたヘルメットは、誰が使ったかわからないからちょっと抵抗があったけれど、そこに用意されていたら、無視はできなかった。

熊野さんがこの県道を走っていたとしたら、ハッピーライフ時代だろうか。それとも、アルバイト時代だろうか。通り過ぎていく景色は代わり映えがなく、延々と法面と、右側には雑木林が続いている。車やバイクを運転していたら眠くなるかもしれない、と思った。

そこでハッとする。まさか、飲酒で居眠り運転をしてしまったのではないか……という最悪のシナリオが浮かんでしまう。事故を起こして、女性に怪我をさせてしまった。でも、お酒を飲んでいるから通報できない。「思い残し」になるほどショックな場面であることに違いない。

幸い事故らしき痕跡（こんせき）は何も見つからないまま、くすのき公園に着いた。駐車場が五台分あり、飲み物の自動販売機がある。その先にボール遊びができるような芝生の広場があり、さらに奥は林になっていて、中の遊歩道は散歩することができる。

私は、自転車を駐車場の端に停めた。ヘルメットを脱ぐと頭が少し涼しくなった。もう少し季節が良ければ家族連れで賑わいそうな場所だが、夏の昼間は暑さのせいか空いていた。

広場を通り過ぎ、林に入ってみると暑さが少し和らぐ。静謐な空気の中、見上げる木々は圧倒されるほど大きく感じた。植物は太古の昔からほとんど姿を変えずに生きながらえている稀有な生き物の一つだと思う。私たち人間なんかよりもずっと長生きで、大きくて、古くから生きている。そう思うと私は、植物に対して畏怖の念を感じるのだ。

林をぐるりと一回りしたけれど「思い残し」の女性はさすがにいなかった。そう上手くはいかないか、と思いながら自転車を停めた駐車場へ戻る。持参していたスポーツドリンクを飲み切ってしまったので、自動販売機で買おうとポケットから小銭を取り出す。そのとき、足元で何かが光った。しゃがんで拾う。それは、銀色のペンダントだった。チェーンの先に細長い四角いチャームと、銀色のホイッスルのようなものがついている。チャームにはピンク色のストーンがついていて、かわいらしい。

「落とし物かな」

雨風にさらされていた様子だが、そんなに古いものには見えなかった。

「思い残し」と関係があるとは思えない。でも、関係なくても落とし主は探しているかもしれない。とりあえず拾っていこう。そう思って、ペンダントの土を払ってポケットに入れた。

くすのき公園では、ペンダントを拾った以外何も見つけることはできず、私は暑さに負けて家に帰った。

「ただいま」

千波に声をかけて、冷蔵庫から麦茶を出してグラスに注ぐ。ヘルメットをかぶっていたから、頭が汗で蒸れている。冷房を入れて、ソファにどすんと座って麦茶を飲む。暑い中自転車を漕いで、疲れた。ポケットから、拾ったペンダントを出してテーブルに置く。どうやったら、持ち主に届けられるだろうか。何も思いつかないまま、いつの間にかソファで寝てしまった。

翌日、日勤の休憩中、本木が珍しくスマートフォンを見ている。今までは先輩が一緒にいたらスマートフォンを見ることも遠慮している様子があった。私のいるところでいじるようになっただけ、少しは優等生の型から抜け出してくれているのではないかと期待する。ただ、カロリーメイトしか食べていないのは、気になる。

「本木、お昼カロリーメイトだけなの？」

本木はスマートフォンから顔をあげて、私を見る。

「最近、ちょっと食欲がないんです」

「夏バテかな？」

「そう……かもしれません」

「今年も、猛暑だもんねえ。毎年毎年嫌になるよ」

「わかります。私、北海道だったんで、関東の暑さひどいです」

「そっか。中標津（なかしべつ）のほうだっけ？」

「はい。冬は雪がすごいですよ」

「豪雪地帯だよね。前に行ったとき、空港の近くで大きい鹿を見たよ」

「あ、行ったことありますか？　鹿もエゾリスも、普通にいますよ」

本木は、地元の話をするとき、表情が和らいでいるように見えた。広大な自然に囲まれた北海道から一人で関東に出てきて仕事をするのは、心細いだろうと思う。

「卯月さん、犬好きですか？」

「犬？」

「はい。これ、見てください」

本木が自分のスマートフォンを見せてきた。そこには、積もった雪にうもれながら遊んでいる黒くて大きな犬がいる。さっきから見ていたのは、犬の画像だったようだ。

「かわいい！　本木の家のわんちゃん？」

「そうです」

「大きいね」

「はい、三十キロくらいありますよ。ラブラドールレトリバーのラブちゃんです」

その犬種はなんとなく聞いたことがある。

「たしか、賢い犬だよね？」

「盲導犬や警察犬になるような犬です。うちの子は、けっこうおっとりさんですけど」

そう言って本木は写真を何枚も表示しながら、笑顔を見せた。自然に笑うとこんなにも優しい顔になるのか、と思った。普段、どれほど自分を律しているのだろう。

「あ、ちょっと待って。今の写真、これ、本木は何をくわえているの？」

写真の中で、犬に向かって本木が何か細いものをくわえているのが目について、スクロールを止めてもらう。

「え？　ああ、これは犬笛です」

「犬笛？」

「はい。犬のしつけに使うことがあるんです。人間には聞き取れない音域らしくて、犬には聞こえるので、訓練に使われるんですよ」

「そんなのがあるんだ」

私は存在自体を知らなかった。写真をよく見せてもらう。

「ねえ、これに似てる気がするんだけど、違う？」

くすのき公園で拾ったペンダントについていた、ホイッスルのようなものに似ている。

本木は私が写真に撮っておいたペンダントの画像をじっと見て「そう……ですね。似て

います ね」と言った。

「あの……これ、もしかして遺骨ペンダントじゃないですか？」

「遺骨ペンダント？」

「はい。ペットが亡くなったときに、人間と同じように火葬してくれるところがあるんですけど、その遺骨をペンダントにして身に付けておけるんです。それかなって思ったんですけど」

そんなものがあるとは知らなかった。「遺骨ペンダント」で検索すると、たくさんの画像がでてきた。私が拾ったものに似た形もある。

「わ！　本当だ。こんなにあるんだ……」

私は動物を飼ったことがないから、まさかこのペンダントが遺骨を入れるものだなんて想像もしなかった。

「それ、卯月さんのものじゃないんですか？　どうしたんですか？」

「たまたまね、くすのき公園っていう、駅の向こうにある公園で拾ったのよ。誰かが探しているかもしれないと思って拾ったはいいけど、どうしたらいいかわからなくって」

本木は指を顎に当てて少し考えてから「もしよければ、犬アカウントで拡散しましょうか？」と言った。

「え、犬……なに？」

「私、SNSで愛犬家用のアカウント持っているんです。犬仲間だったら、遺骨ペンダント失くした人の気持ち絶対にわかるから、広めてもらえて、もしかしたら落とした人に届くかもしれません」

「そんなことできるの？」

私は、昨今のSNSにあまり詳しくない。

「できますよ。最近も、愛犬の写真付きのイヤリングを失くした方が、SNSで拡散して、無事に見つかったっていうの見ました」

「すごい影響力があるんだね。どうやってやるの？」

「簡単ですよ。写真、送ってくれますか？」

私がすぐに共有すると、本木は写真を載せて、拾った場所や状況を書き込んで、発信した。あっという間だった。

「すごいね、そんなにすぐできるの？」

「はい。あ、もうリポストされてますよ」

見ると、もう何人かの人が拡散してくれている。

「すごいね。フォロワーさんがたくさんいるってこと？」

「犬アカウントは千人くらいなんで、そんなに多くはないんですけど」

犬アカウントは、ということはほかにもあるのだろうか。

「犬以外にも、何アカウントかあるの？」

ただの興味で聞いてみたが、本木は一瞬黙って、少し顔を赤くした。何か言いにくいことを聞いてしまったのだろうか。

「……アイドル、とかです」

小声で恥ずかしそうに言うから、思わず笑ってしまう。

「なんで照れるの。好きなものがあるって、いいじゃん」

本木に、夢中になれるものがあって良かったと思った。本木は「まあ、はい……」と言って少し口元を緩ませた。

「……遺骨ペンダントの連絡きたら、すぐに卯月さんにお知らせしますね」

「うん、よろしくね」

本木と仕事以外の話をこんなにしたのは初めてかもしれない。遺骨になってしまったのは寂しいことだけれど、どなたかの愛犬に感謝しようと思った。

本木のSNSにダイレクトメッセージが来たのは、その二日後だった。本木のポストはかなり拡散されていて、何万という「いいね」がついているらしい。

【DM来ました。内容から、ご本人ぽいですけど、どうしますか？】

【どんな人かわからないから、とりあえず待ち合わせだけして、様子見ようか。もしか

したら、本木目当ての変な人かもしれないし】

若い女性がSNSで知り合った人に直接会うということに、私は抵抗を覚えてしまう。

【私、中年男性ということでやっているので大丈夫だとは思いますが、了解です】

中年男性ということでやっている……私にその発想はなかったので驚いたが、本木のおかげでペンダントの持ち主に会えるかもしれない。もしも、そこで熊野さんの「思い残し」のヒントが少しでもつかめれば……と都合の良いことを願う。

私だけが直接会えばいいと思っていたが、本木は自分も一緒に行くと言ってくれた。SNSのやりとりは本木がしてくれているから、正直ありがたい。持ち主と名乗る人とは十三時に長田駅で待ち合わせということになっている。病院からの最寄り駅だ。時間まで本木と、駅前にある小さなカフェでランチをすることにした。

「今日はありがとうね。まさか、本当に持ち主につながるとは思わなかったよ」

私はアイスコーヒーを飲みながら、ベーグルサンドを食べる。

「ちゃんとお返しできたらいいですね」

最近食欲がないと言っていた本木は、サンドイッチを少し齧っただけで、ミルクティを飲んでいる。入職したときと比べて、ずいぶん痩せたように見える。白いTシャツから伸びる首は細長くて、白鷺みたいだ。ふいに私のほうを真面目な顔で見た。

「卯月さんって、長期療養型病棟でもう五年目ですよね。どうやってモチベーション保っているんですか？」

「モチベーション？」

「はい。五年も続けられるって、すごいと思うんです。どうやって毎日頑張っているのかなって不思議に思います」

本木のほうから仕事について踏み込んだ話をしてくれたのは、初めてだった。

「モチベーション、ねえ……」

本木は真剣な顔だ。

「うーん……私はね、自分の中で、あんまり看護目標を長期には設定しないことにしているんだ」

「看護目標……ですか？」

「そう」

看護師は、看護目標というものを設定し、その目標を達成するために看護計画というものを立てて、その計画に沿って日々患者の看護をしている。看護目標は、長期目標と短期目標があって、患者視点で患者自身がどうなっている状態が望ましいか、ということが目標として設定される。長期目標は病棟でのゴールみたいなもの。例えば「安心して在宅へ戻れる」など、言葉の通り長期的な目標だ。短期目標は、長期目標を達成するための道のりのようなものだ。例えば、「毎日のリハビリに積極的に参加できる」「感染予防を自覚して行える」などだ。患者の容態が変われば目標も変わるし、計画も変わる。それを繰り返しながら、より良い看護を提供できるようにしている。

「長期療養型病棟って、短期目標にすら届かないことがあるじゃん。毎日リハビリできるようにって思っていても、想像していたよりずっと早く容態が悪くなることもあるし、もう退院できるのにってこっちは思っても、ご家族の受け入れが整わなかったり。目標設定に無理がなくても、達成できない要因が多くて、なんていうか不全感につながるんだよ」

本木は静かに聞いている。

「不全感がつのれば、何年目になってもやっぱり嫌になるときだってあるよ。なんのために看護師やってるんだろうって、思うこともある。だから、私は超短期目標を勝手に作ってる」

「超短期目標、ですか」

「そう。例えば、『一日一回でも患者が笑う』とか『自分が関わっている瞬間だけでも苦痛が少し和らぐ』とか『一瞬でも病気から気が紛れる』とか、そういう、本当に短い目標」

「それは、誰にも言わずにやっているんですか？」

「そうそう。そういえば、誰にも言ったことないな。本木が初めてだ」

私は、少し照れくさくなって笑った。先輩のお説教みたいになっていないといいなと思う。

「私……大きな挫折をせずにここまできたんです」

少し黙ってから、本木がぽつぽつと話し始めた。

「ずっと成績も良くて、親からも期待されていて、ずっと頑張ってきました。妹はあんまり勉強しないで遊んでばっかりの子なので、その分私に期待が集まりました。私がしっかりしなきゃって思っていました」

窓からの採光が強く、街路樹の影が本木の手元に落ちている。

「でも、看護師になってからの数ヵ月、何かがうまくいかないんです。浅桜さんは優しいし、丁寧に仕事を教えてくれます。先輩たちもみなさん良くしてくれるし、御子柴主任も心配してくれています。私も、一生懸命やっているつもりです。でも、どうしてか、仕事が終わるとどっと疲れていて……」

下を向いてカップを両手で包むようにして、少し言いよどんでから「仕事に……行きたくないって思うこともあります」とつぶやいた。痩せた肩をぎゅっとすぼませて、苦しそうに見える。

「そっか……。話してくれて、ありがとうね。本木の気持ち、聞けて良かったよ」

「私、どうしたらいいんでしょうか」

すがるような視線を感じて、私は微笑(ほほえ)んで見せた。

「うーん。どうしたらいい……か」

ストローでアイスコーヒーを一口吸う。冷たい苦味が喉を通りすぎていく。

「そもそも……なんだけどね、私からは、仕事がうまくいってないようには見えないんだよ。充分頑張っているし、大きなミスがあるわけでもないし、患者さんとトラブルになったりすることもないでしょう？」

「……トラブルとかは、ないですけど」

本木は、仕事ができる。聞いたことはしっかりメモをとって覚えるし、患者対応にも問題はない。真面目すぎるくらいだ。

「でも、何かがつらいんだよね？」

私の問いに、本木は小さくうなずいた。

「それはさ、もしかしたら……うまくいってないんじゃなくて、うまくいっているのにつらいってことなんじゃない？」

私の言葉に、本木は少し眉根を寄せて考えるような顔をした。

「たしかに……何かに失敗してつらいとか、処置が難しくてつらいとか、そういうことじゃない気がします」

「そうだよね。だから、その、つらい原因をしっかり考えてみたらいいかもしれないね」

「つらい原因……ですか」

「そう。今の仕事の何がつらいのか。自分はどうして仕事に行きたくないのか。その部分に、しっかり向き合ったらいいんじゃないかな」

本木は、ぼそぼそと口の中で「しっかり向き合う」とつぶやいた。

「考えてみて、それでもどうしてもつらくて仕方ないなら、無理に続ける必要もないのかな、とも思う。思い切って、少し休んでみるのもいいかもしれないよ。メンタルごりごりに削って体壊したんじゃ、それこそ大変じゃん。だから、このまま考えながら続けてみてもいいし、休みをはさんだっていいと思う。それに、もしかしたらそのうち異動っていう選択肢も出てくるかもしれないよね。行き先を一つに絞らないで、いろんな道がある、ってことを考えながら、もう少し肩の力を抜いてもいいんじゃないかな」

本木は、ぎゅっとすぼめていた肩の力を少し和らげたように見えた。

「山吹の同期は、一年目の最初の二ヵ月くらいで辞めて、今たしか献血ルームで働いているんじゃなかったかな」

「あ、その話、山吹さんに聞きました。患者さんのお看取りがつらすぎて、すぐに辞めてしまったって」

「うん、たしかそうだったな。けど、今は楽しく働いているみたいだよ。病棟だけが看護じゃないからね。看護師の資格ってけっこういろんなところで使えるから」

「はい」

本木はミルクティを飲んだ。それから、あっと言って顔をあげる。

「山吹さんから、その同期の方の主催で合コンやるから本木も来てって言われたんだった」

私はアイスコーヒーを吹き出しそうになった。

「合コンに誘われてるの？」

「はい。その同期の方が献血ルームでお知り合いになった起業家……？　の男の人と合コンするらしくて、誘われました」

「行っておいで。たぶん、楽しいよ」

山吹は山吹で、本木のことをちゃんと気にかけてあげていたのだ。ただ自分の正しいと思うことを直球でぶつけるだけじゃなくて、ほかの方法で本木に声をかけてあげていて良かった。本木は、山吹の同期ともゆっくり話ができるといいな、と思う。働き方にはいろんな方向があって、それは自分で選んでいい。そのことを証明してくれている身近な人だから。

十三時になって待ち合わせに来たのは、つり目の痩せた若い男性だった。少し離れた場所で、その姿を確認する。髪は派手な金髪で、黒いタンクトップにごつい十字架のぺンダントをつけている。

「たぶん、あの人だよね」

「そう……ですよね」

本木と二人、顔を見合わせる。人を見た目で判断してはいけないけれど、警戒心をかきたてられる外見で、女二人で会うには少し怖い気がした。それに、遺骨ペンダントにはかわいらしいピンク色のストーン飾りが施されている。あの派手な男性の持ち物と言われると、違和感がある。

「なんかちょっと怖いね。とりあえず、あの人に会うのは今日はやめておこうか」

「……そうですね。やりとりしていた感じで女の人かと思ってました。想像と違います。DMしてみますね」

本木は、「急な発熱で会えなくなった」という内容のことを謝罪とともに送信する。若い男性がスマートフォンを確認している。DMの相手はすぐに承知してくれたらしい。すると、若い男性は駅前から離れた。やはり、あの人が待ち合わせ相手だったようだ。

去り際、男性が突然道路の端にあった立ち飲み屋の看板を蹴った。大きな音がして、私は肩をびくっとさせた。本木も「うわあ、こわっ」と囁く。まわりにいた人たちも驚いた様子で、さーっと男性から離れていった。

「本木、今日はありがとう。ちょっとここで別れよう」

私は、なんだか胸が騒いだ。ペンダントと熊野さんは無関係のはずだ。でも、待ち合わせをキャンセルされただけで突発的に暴力を振るうあの男性と、アザのある「思い残し」の女性が微かに重なる。

まさか、と思うが、もしかしたら「思い残し」のヒントがあるかもしれない。男性のあとをつけようと思った。

「え、卯月さんどこ行くんですか？」

「いや、ちょっと気になることがあって。またね、今日は本当にありがとう！　また連絡する！　合コン楽しんできてね」

「ええ……」

真夏の駅前にぽつんと立ち尽くす本木を置いて、私は男性のあとを追った。

男性は、手にぶらさげているビニール袋をぶらぶらと揺らしながら、だらしない様子でゆっくり歩く。あとをつけるのには困らなかった。もう苛立ちはおさまったのか、何かを蹴ったりはしない。長田駅を待ち合わせにするくらいだから、近所に住んでいるのかもしれない。「思い残し」との関係は私の思い過ごしかもしれないけれど、とりあえず確認だけはしよう。

男性は住宅街を抜けて、まだ歩き続けた。私はあとをつける。後頭部に当たる日差しが暑い。せめて帽子でもかぶってくれれば良かったと後悔する。

周囲に家が減ってきた。畑が増えてくる。駅から少し離れると、農家もあるようだ。くすのき公園に向かう道だが、公園まで歩くとなると遠すぎる、と思ったとき、男性は道の左側に入っていった。

そこは、畑だった。今栽培されているものはなく、端のほうにとうが立っていて、黄色い花をつけたキャベツがいくつか放置されている。畑の横にはトラクターが置いてあり、その奥に三棟の納屋があった。木製の古い納屋で、壁は埃（ほこり）っぽい。男性は、そのうちの一つへ入っていった。

木に隠れて見ていると、男性はすぐに出てきて、少し離れたところにある母屋のほうへ歩いていった。母屋は大きな日本家屋だ。地主の農家の息子なのだろうか。手にぶらさげて持っていたビニール袋がなくなっている。納屋の中に置いてきたのだろうか。

私は「お邪魔しますっ」と小さな声で言ってから、サササッと小走りにトラクターの陰まで移動する。さっき男性が入った納屋は目の前だ。ゆっくり近付いて少し湿った木の扉に手をかける。それは音もなく開いた。

中は日陰でひんやりしている。埃と堆肥（たいひ）のような臭いがする。入り口から奥に向かって棚が並んでいて、そこにはバケツや農機具、軍手や肥料などが無造作に積んであった。私の身長では一番上の段に手が届かないから、棚の高さは2メートルくらいだろうか。何かの拍子に物が落ちてきたらと想像すると少し怖い。あの男性はこんなところで何をしていたんだろう、と思いながら室内を見渡す。そのとき、ガサガサとビニールのこすれるような音がした。何だろう……と気になり、音のするほうへこわごわと数歩進む。恐る恐る奥の棚の裏をのぞくと、女性がしゃがみこんでいた。「わっ」と小さく声が出る。男性から受け取ったのか、ビニール袋の中から何か取り出して飲み食いしている。

「あの……」

おずおずと声をかけると、女性は「わあ！」と大きな声をあげて驚いた。

「だ、誰！」

「あの、すいません、通りすがりの者です」

「何しているんですか、出てってください」

女性は痩せた手でおにぎりを握りしめている。

二十代前半くらいの、細い女性。正面からよく顔を見て、私は、はっと驚いた。彼女は、熊野さんの「思い残し」の女性だ。口元にもうアザはない。でも、かわりに目元にアザがあった。腫れてもいる。

「あの……さしでがましいようですが、ここで何をしているんですか？」

埃まみれの納屋は、人が過ごすようなところには見えない。女性は、残りのおにぎりを食べ、ペットボトルの緑茶を飲み、ため息をついた。

「私が悪いんで、仕方ないんです」

「どういうことですか？」

「あなたこそ、どうしてこんなところに入ってきたんですか？」

「それは……」

私は斜めがけバッグの中から遺骨ペンダントを取り出した。

「ああ！　それ」

「これの持ち主を探しているんです。遺骨ペンダントっていうらしいんですけど……。もしかして何かご存じですか？」

私が差し出すと、女性はペンダントをそっと手に載せた。

「これ……私のものです」

「え！」

「ああ、良かった……。おかえり……」

女性は今にも泣き出しそうな様子で、ペンダントを握りしめた。ピンク色のストーン飾りは、この女性によく似合う。

「このペンダントをどこかで失くしてしまって、ずっと探していたんです。くすのき公園の近くで落とした気がしていたから、何度も探しにいきました。でも見つけられなくて。私がいつも探していたから、よく通るバイクの配達員さんが一緒に探してくれたこともありました」

なるほど、そこで熊野さんに会ったのだ。

「見つからなくて諦めていたときに、SNSであなたの投稿を見たんです」

私じゃなくて本木の投稿だったが、ややこしくなりそうだから詳しいことはあとにしようと思う。

「それで、何回かやりとりして、本当にいい人そうだったので、今日受け取りに伺う予定でした。でも、彼にそのことがバレてしまって」

彼とは、さっきの男性のことだろう。

「私がどこかの知らない男と知り合って遊びにいくと勘違いしたようでした。遺骨ペンダントのことを何度説明してもわかってもらえなくて……ここに入れられて、もう諦めていました」

本木は男性のふりをしてSNSをやっていると言っていた。さっきの男性は、今日の待ち合わせをデートか何かと思い込んだようだ。それで、待ち合わせ場所に自分で行って、相手に文句を言うつもりだったのかもしれない。だから、キャンセルされてあんなにキレたのか。

女性の顔を見てからずっと気になっていることを聞いてみる。

「もしかして、彼は暴力を振るうんですか？」

女性は、慌てたように目を伏せた。

「関係ないじゃないですか」

　声が硬くなっている。

「そうですけど、目のあたり腫れていますよ」

「……暴力っていうほどじゃないです。私が悪いんです」

「でも、アザにもなっていますし、痛そうです」

「これは……ちょっとぶつけただけです」

「そもそも、どうしてこんな納屋にいるんですか？」

　そこで女性は顔をあげて、私の顔をまっすぐに見た。

「私が彼に内緒でSNSをやっていたのが悪いんです。子供の頃、悪いことをしたら、押し入れに入れられたりしませんでしたか？　そういうことです」

　女性はきっぱりと言った。典型的なデートDVだ。交際中の関係性で、相手を暴力や暴言で支配している。熊野さんは、怪我をしながらもペンダントを探していたこの女性を見たのだ。ただならぬ様子をとても心配して記憶に残った。でも自分は入院してしまったから、今も思い残している。

「とりあえず、ここを出ましょう」

「無理ですよ。出られません」

「え？　でも、扉開きますよ。だから、私入ってこれましたし」

「いえ、勝手に出ていったらあの人怒りますから。出たりなんかできませんよ。水ならそこにありますし」

そう言って、納屋の端にある水栓を指す。それは農機具などを洗う水栓で、飲み水にできるような清潔さはなかった。この人は、感覚が麻痺している。DVによくあることのようだが、自分がひどい仕打ちを受けている自覚がどんどん希薄になっていくのだ。その状況は、洗脳に近い。もしくは、依存。悪い依存だ。鍵をかけられているわけでも、監禁されているわけでもない。でも、自分でこの場から逃げるという意識がもう持てないのだ。

女性はひどく痩せている。よく見ると唇が乾燥している。長時間ここにいたなら、脱水になっている可能性もある。殴られていて怪我もしているし、一度受診させたい。警察は民事不介入で何もしてくれないかもしれないけれど、一度受診させて、そこからソーシャルワーカーに介入してもらえば、DV支援の団体につなげられるかもしれない。

とにかく、この人をここから出さなければならない。私は誰かに助けを呼ぼうと、バッグからスマートフォンを取り出したが、画面を見て、血の気が引いた。電源が落ちている。充電が切れたのだ。

充電の減りが早くなってきたことには気付いていた。どうしてすぐに携帯ショップに行かなかった。最近の私は、何かを言い訳にしてやらないことが多い。落ち込んでいる暇はないけれど、こんな自分が嫌になる。自分を罵(ののし)りながら、両手で顔を覆う。どうしたらいい。どうやってここからこの人を出そう。埃っぽい空気に胸が苦しくなる。やっと見つけたのに、私は力になれないのか。

そのとき、背後で物音がした。さっきの男性が戻ってきたのかと驚いて後ずさりした。棚のすき間からこっそり見てみると、小柄な人影があった。

「卯月さん？」

納屋に入ってきたのは、本木だった。

「何してるんですか？」

「本木！　帰らなかったの！」

私は急いで入り口のほうへ駆け寄る。

「え……だって、卯月さん何か気になることがあるような感じでどっか行っちゃうから、付いてきたんです。そしたらここに入っていくのが見えて……ここ、何ですか？」

そう言って本木は室内を見渡した。

「ここは、なんか農作業用の納屋みたい。あのね、ペンダントの持ち主に会えたの」

「え？　あの男の人ですか？」

「いや、詳しいことはあとで話すけど……今ここにいる女性のものだったんだ」

私は、こっそりと耳打ちした。

「え！　ここにいるんですか？」

「そうなの」

私は、本木を奥の棚まで連れて行った。本木は驚いたのか、ひっと小さく息を吸った。

「怪我しているじゃないですか！　しかも、どうしてこんなところに……」

「おかしいでしょ。たぶん、脱水もしていると思う。もしかしたら、さっきの男性からDVにあっているのかもしれなくて……救急車呼んだほうがいいと思うんだ」

「私もそう思います！」

女性は、怪訝そうに本木を見た。

「え、あなたも通りすがりの人ですか？　なんなんですか？」

「本木、スマホの充電ある？」

「あ、はい。ありますけど」

「ごめん、私充電切れてるんだ」

「じゃあ、私が救急車呼びましょうか」

「うん、お願いできる？」

本木はうなずくとスマートフォンを取り出して、一一九番にかける。急な出来事なのに、肝がすわっている。私たちのやり取りは、怪我人の状況を共有した瞬間から看護師のものに変わっていた。本木は場所を説明しながら、納屋を出ていく。救急車を出迎えてくれるのだろう。

すぐに救急車は来た。女性は、救急隊員の声かけにも最初は動かなかった。しかし、脱水の症状があり、また明らかに怪我をしているため、結局は説得されて救急車に乗せられた。母屋のほうからさっきの男性が出てきて、救急隊員の一人と話をしている。私は別の救急隊員に事情を説明し、あの男性と女性の関係性とデートＤＶの可能性を伝えた。男性は何か弁解じみたことを言っているようだが、結局母屋のほうへ一人で戻っていった。

私は、ホッと胸を撫でおろす。

本木がいないと思ったら、スポーツドリンクのペットボトルを二本持って走ってきた。自動販売機で買ってきてくれたようだ。「どうぞ」と一本くれる。

「ありがとう」

「大変でしたね」

「ねえ。本当に。けど、ペンダント、ちゃんと持ち主に返せて良かった。救急車も呼べたしホッとしたわー。本木のおかげだよ、ありがとう」

「卯月さんって、あんまり人に相談とかしないんですか？　話してくれれば一緒に来たのに」

本木は少し口をとがらせた。人に相談しないだなんて、本木に言われると思わなかった。

「人のこと言えないね。今日は助かったよ、ありがとう」

「いえ、私こそ、今日卯月さんとゆっくり話せて良かったです」

お疲れさま、と労(ねぎら)いながら、私は乾杯のように本木のペットボトルに自分のを軽く当てた。本木は、はにかむように笑う。どうかあの女性がＤＶの依存から抜け出せますように、と強く願った。日差しが強くて暑い。スポーツドリンクをごくごく飲むと、冷たく体中が潤っていった。

記録的な猛暑が続いているらしい。夜勤の出勤は十五時過ぎで、一日で一番暑い時間帯だ。日傘を傾けて空を見上げる。夏空は広く、冴えるように青い。

夜勤が明ける頃、熊野さんのベッドサイドに行った。

「ご気分いかがですか？」

「うん、変わりないよ」

「実は私、最近、ちょっといいことがあったんですよ」

「ああ、そうなの？」

「くすのき公園でペンダントを拾ったんですけど」

「ペンダント？」

「はい。それは、ある女性がとても大事にしているものでした。それで、私、持ち主を探して返すことができたんです。嬉しいものですね、こういうのって」

「そうなんだ。それは、良かったね」

「その女性は、恋人から暴力を受けていて、精神的にも支配されている様子だったので心配したんですけど……受診できたようなので、おそらく改善していくと思います」

私の言葉のあとに、短い沈黙が生まれた。

「……卯月さんは、どうしてそんなことを僕に？」

熊野さんが静かに言う。

「わかりません。なんとなくです」

熊野さんはすっと目を細めて「怖いね」と言った。私は、心臓を細かい棘で覆われたように胸にじんわりと痛みを覚えた。「怖い」。改めて言葉にされると、怖いことなんだと実感がこもる。やっぱりこれは、健全な状態ではないのかもしれない。

人の「思い残し」なんて、視えていいわけがない。患者さんからしたら、他人に知られたくないことだってある。でも、私は知ってしまったら、どうにか解消しようと画策してしまう。解消できなかったら深い後悔が残るだろう。でもそれは患者さんには関係ない。私は自分の足元がもろく崩れていくような頼りなさを感じた。

「……じゃ、帰りますね。もう日勤の者が来ますから」

「うん。また明日ね」

「はい。また明日」

残り少ないと思われる「また明日」を嚙み締めながら、私は病室を出た。

熊野さんに言われた「怖いね」という言葉が脳裏にひっかかってとれない。怖いのか。やっぱり、この状態は怖いのだ。更衣室で着替えながら、私は思い出す。私が「思い残し」を視るようになったきっかけ、二年前のことを。


「今年の夏休み、十月になったわ」

千波が言う。二人でサラダうどんを食べていたときだった。そのころハマっていた夕飯メニューの一つで、うどんに、茹でた豚肉と野菜とキムチを載せてめんつゆをかけるだけの簡単メニューだ。炭水化物もたんぱく質も野菜もいっぺんにとれて美味しいから、二人とも気に入っていた。

「私、十月の夏休みは厳しいな。たぶんもう少し早めにとらなきゃかも」

千波は別の病院の血液内科病棟で働いていて、私は当時も長期療養型病棟の所属だった。病棟勤務の場合、同じ時期に何人も同時に休みをとるのは難しい。特に長期休暇は、重なると病棟の仕事がまわらなくなるから、夏休みはだいたい六月から十一月くらいの間にみんなでバラけてとるのだ。

「だよね。じゃあ、今年は久しぶりに帰省しちゃおうかな」

そう言ってうどんを啜(すす)る千波は、いつもと同じようにかわいかった。私は千波が好きだった。友達以上に、好きだった。愛していた。でも、何も言えなかった。女の人を好きになるのは千波が初めてだったし、ルームシェアするほど仲の良い友達が、自分を愛していると知ったらどう思うか、嫌われるのが怖くて、何も言えなかった。

宣言通り、十月に千波は大きな荷物を背負って帰省した。

「お土産、楽しみにしといて」

いつも通りへらへらと笑いながら、朝早く軽やかに家を出ていった。私は、当たり前に見送った。その日の夜、一人だと何食べていいかわからないな、と思いながらコンビニへ出かけて、適当におでんを買って帰ってきた。

家に着いたちょうどそのとき、スマートフォンのバイブが鳴った。知らない番号だった。誰だろう、と思いながら通話をタップすると、食い気味に女性の声がした。

「もしもしっ！　咲笑(さえ)さんの……卯月咲笑さんの携帯電話でよろしいですか」

切迫した口調から、ただならぬ空気が伝わってくる。

「はい……そうですが」

「三門(みかど)千波の母です。千波がっ……」

不穏な沈黙があった。千波が、どうしたというのだ。

「千波が……事故に遭いました」

「……え？」

千波が実家の近くで交通事故に遭って救急車で運ばれた、と千波のお母さんが話している。私の連絡先は、千波の携帯電話から知ったらしい。声はちゃんと聞こえていた。でも「車」「事故」「救急車」という単語は、知らないもののように耳をすり抜けていく。うまく状況が飲み込めなかった。受け入れられない。靴を履いたまま、玄関に立ち尽くした。見慣れたはずの家がよそよそしく思える。体が凍り付いていく。

「それで、うわごとのようにあなたの名前を呼んでいるんです。『咲笑、大切な引き出し』って繰り返し言うんです。あなたなら、その意味がわかりますか？　わかりますよね！」

千波のお母さんはほとんど叫ぶように、わかってくれないと困る、という口調で私を問い詰めた。

大切な引き出し……わかる。私には、その意味が、わかる！

それは、私と千波の間でよく使われる言い回しだった。木製の小さなキャビネットの引き出しを、普段は使わない大切なものをしまっておく場所にしていて、それを「大切な引き出し」と呼んでいるのだ。看護師免許やパスポートなど、失くしたら困るものが入っている。

「おそらく、千波の最期の言葉なんです……」

千波のお母さんの声は、今度は消えそうなほど細く、懇願(こんがん)するように震えていた。私はその声と「最期」という言葉に、絶句した。目の前が暗くなる。スマートフォンを持つ手が冷えていく。バシャッと音がして、足元に何か落ちた。指先にあったビニールの感覚がなくなっている。

「卯月さん!」

「……ちょ、ちょっと、待ってくださぃ」

私は、靴を蹴り飛ばして脱ぎながら室内へ駆けて、飛びつくように「大切な引き出し」を開けた。中に入っている紙類がざーっと勢いよく手前にずれてくる。その中に、見慣れない小さな紙袋があった。スマートフォンを肩と耳にはさみ、急いで開けてみる。小さな箱とカードが入っているのを見て、心臓がどきんと打つ。濃紺のベルベット調の素材でできた箱。開けると、華奢(きゃしゃ)できれいな指輪が二つ並んでいた。カードを見る。

【Happy Birthday!】

唐突に現れたお祝いの文字に、叫び出しそうになった口を手で覆う。指の間から、乱れた息が吐き出されていく。来月は私の誕生日だ。指輪……おそろいの指輪だ。ひとまわり小さいほうを、恐る恐るつけてみる。つーっと冷たい感覚が私の指を滑り、薬指にぴったりとおさまった。

「千波……」

「卯月さん！」

電話口から千波のお母さんの大きな声がする。

「たっ……『大切な引き出し』の意味、わかりました……。ち、千波に『ありがとう』って……伝えてくださいっ」

息が乱れてうまくしゃべれない。千波のお母さんがぐっと黙った。それから何かを決心したような声で「わかりました。ありがとうございます」と言った。電話の後ろが騒がしくなる。

「呼ばれたので行きます」

千波のお母さんは、慌てるように電話を切った。私はしばらくスマートフォンを握っていた。体の力が抜けて、床に座り込む。

どこからか虫の羽音のような音が聞こえると思ったら、私の喉から漏れた呻き声だった。床にぺたんと座って、スマートフォンを膝に置いて、唇をぎゅっと噛んで両手で顔を覆う。うまく呼吸ができなくて苦しい。どうか無事で、命だけは無事であってほしい。そう願いながら、新品の指輪を右手でぎゅっと抱きしめた。その手が小きざみに震えている。

そのまま体育座りをして、膝に頭を乗せて、床に座っていた。何も考えられなかった。

ただ祈るしかなかった。二〜三時間は経っただろうか。再び、スマートフォンが震えた。びくりと体が緊張する。さっきの番号だ。

「はいっ」

私は慌てて電話をとる。声が掠れてしまう。

「卯月さんですか」

千波のお母さんの、憔悴しきった声。

「……はい」

「さきほど、千波が……」

そこで言葉を切って黙った。カチカチカチと時計の音だけが室内に響いている。ほんの数秒だったのかもしれないけれど、永遠のように感じた。その先の言葉が悪い知らせなら、聞く前に世界が終わってしまえばいい。

「千波が……息を引き取りました」

耳元で、どぷんっと水の音が聞こえた。体が冷たくなって、重くなって、耳の穴がふさがれてしまったかのように周囲から音が消えていく。小さな気泡のような音だけが頭の中に響いている。

ぐらんと眩暈がして、思わず体を床に横たえた。海の底に沈んでいく。暗くて何も見えない。寒い。ガタガタと震えがくる。冷たい水で全身が覆われる。

息を吸うと水が喉に流れ込んできて、うまく呼吸ができなかった。ガホッとむせ返って、吸っても吸っても酸素が入ってこない。苦しい、苦しい。心臓が、キリキリと鋭く痛む。誰かが皮膚を貫いて私の心臓に矢を刺している。何度も何度も繰り返し刺されて、血が溢れて流れていく。頭がガンガンと脈打つ。全身が痛い。その痛みだけが鮮明で、あとは、何も見えない。暗闇の中に埋もれていく。潮の流れがバラバラになった私を揺らして、身体のほとんどの部分をえぐり、こそぎ取っていく。

「どうして同じ時期に休みをとらなかったの？」

「好きだってちゃんと伝えておけばよかったのに」

波が揺れるごとに聞こえる言葉の刃が、私の身を削いでいく。

「引き出しのこと、わかってくれてありがとうございました」という千波のお母さんの声が遠くからくぐもって聞こえる。深い海の底にいる私には、その言葉は何の意味もなかった。

千波が死んだ……まさか、本当に？　夏休みが終われば帰ってくるんでしょう？　この世にいないなんて嘘でしょう。もう会えないなんて、おかしいじゃない。そんなの本当なわけがない。信じられるわけない、と抵抗するたび、冷たい水が私の身を裂く。あまりの痛みに、体をくの字に折り曲げて悶(もだ)える。どくんどくんと心臓がうるさくて、感情が入り乱れて、脳内が暴走して、頭が変になりそうだ。髪を掻きむしる。いつ電話を切ったのかは覚えていない。

ああ、ああ、と醜い声が聞こえると思ったら、自分の泣き声だった。横になったまま膝を抱えて、ああああああと大きな声をあげる。千波がいない。そんなわけない。会えないなんて、そんなはずはない。こんなに好きなのに、こんなに会いたいのに、こんなに想っているのに！　涙と唾液で床が濡れる。絶望の底から湧き上がる悲嘆の波が、抑えきれないほど激しく体を襲う。

どれだけ泣いても、身悶え苦しんでも、痛みは消えない。千波はもう帰ってこない。

その日は一睡もできなかった。冷たい深海は、私を切り裂きながら夜の間にどす黒い闇になった。私は重い暗闇に身を沈めたまま、千波からの贈り物である指輪を何度も撫でながら、ずっと泣いた。

この指輪……千波は、私と同じように、私を愛していてくれたっていう意味だよね。これは両想いってことで、いいんだよね？　べっとりと重い悲しみから顔をあげ「ねえ、千波、教えて」と声に出し、その相手がいないことに愕然として、また泣いた。哀傷はどんどん濃く深くなる。千波がいない、という事実を突きつけられて涙が止まらなかった。

翌日、体中にまとわりつく重りを引きずりながらどうにか仕事に行った私が、最初に会ったのは御子柴主任だった。御子柴さんは、少し驚いたような表情を見せて「何かありましたか？」とすぐに聞いてきた。泣きはらした私の顔はひどかったのだろう。なにせ一晩中暗闇に浸かっていたのだ。生気もなかったと思う。私は「ルームメイトが亡くなりました」と伝えた。

「今日はいいから、帰りなさい。少し休んだほうがいい」

御子柴さんは優しい声で言った。

「でも、私の事情と仕事は関係ありません」

「そんなことはないです。看護師が元気じゃなければ、良い看護はできないものです。それに、卯月さん、自分がどれほどつらいか、まだ実感できていないと思います。まずは、ゆっくりしてください」

主任の勧めで、その日は帰った。私は働けるのに、と思ったけれど、家に着いた途端、意識が遠のくようにその場にしゃがみこんでしまって、自分が無理をしていたことに気付いた。玄関に、昨日のおでんが無残に散らばっている。片付ける気が起きず、そのまま靴を脱いで部屋にあがった。

主任は、心療内科で簡単な診断書を書いてもらうようにと連絡をくれた。そうすれば、病欠で処理できるから、ということだった。何か言う元気もなく、近所のメンタルクリニックへ行った。

「親友が亡くなってつらい」と話すと、「抑うつ状態」という診断書を書いてくれて、そのおかげで私は二週間仕事を休むことができた。

　その二週間の間に、千波のお葬式に参列した。同期のサンボが車を出してくれて一緒に行った。サンボと私と千波は、看護学部の同級生だ。サンボも千波とは仲が良かった。サンボは、私の左手薬指に光っている指輪のことは、何も聞かずにいてくれた。私が、指輪を眺めては泣いていたから、千波からの贈り物だと気付いていたかもしれない。

　遺影の千波は、穏やかに笑っていて、もうこの世にいないなんて嘘みたいだった。お葬式も作り物かと思った。よくできた群像劇の中に紛れ込んだだけだ。そう思ったけれど、棺（ひつぎ）に眠る千波を見た瞬間、床が沈むような眩暈を感じた。ひっひっひと呼吸が荒くなって頭がぼーっとすると思ったら、誰かに腕を強く握られた。倒れそうになった私を、サンボが支えてくれたらしい。私はタオルを嚙むように口に押し付けて、唸るように泣いた。

　家に帰ってからは、何もしなかった。相変わらず私は闇に覆われていた。体が重く、周囲の音はくぐもっていてうまく理解できない。食事量が減って、痩せていった。夜になっても眠れなかった。今まで看護師としてたくさんの患者を看取ってきた。たくさんの死を見てきたはずだった。でも、身近な人、それも大好きな人がこの世からいなくなってみて、それがどれほど残酷で悲痛なことなのか、初めてわかった気がした。

　自分が半分死んだみたいだ。失くしてしまったものは、何にも埋められない。

二週間経って、仕事に復帰した。同僚たちは心配してくれていたけれど、千波の死を知っているのは、主任と師長だけのようだった。だから、私は「ちょっとした体調不良で休んでいた」という扱いを受けた。それは、ありがたいことだった。あれこれ詮索する人たちではないとわかってはいるけれど、同情されたりなぐさめられたりすることは、嫌だった。仕事をしているうちに、闇は濃縮されて圧縮されて小さくなり、私の胸の奥に身を潜めた。

仕事に復帰して、すぐのことだった。患者のベッドサイドにうっすら透けた見知らぬ人が視えた。これまでにない出来事に驚くと同時に、幽霊なのかと恐ろしくもなった。でも、危害を加えてくるわけでもないし、患者に悪さをするわけでもなかった。患者さんや面会に来る方と何気ない会話を重ねているうちに、それは、患者さんが死を意識したときに現れる「思い残し」なのではないかという予感が芽生えた。だとしたら、私がそれを解消しなければ、という気持ちが湧き上がってきたのだった。

思い残しは、誰のどんなものでも視えるわけではないようだった。入院してくる直前に、患者の心にひっかかったこと、気にかかっていたことが、私に視える。患者がそのことを受け入れて、納得している場合は視えないようだった。わだかまっているもの、受け入れられていないものが視えるのだ。いつでもどこでも視えるわけではない。どういうわけか、白衣を着ているときしか視えない。

それは、白衣によるスイッチのようなものだと自分で解釈した。病院へ行って白衣に着替えると、気持ちがしゃんとして背筋が伸びるような気持ちになるものだ。

「思い残し」を解消していくうちに、私は「思い残し」に関わっているときは、千波を失った悲しみから少し逃げられていることに気付いた。もしかしたら、私が少しでも前を向いていけるように、千波が「思い残し」を視せてくれているのかもしれない。「思い残し」は、つまり千波の私への思いだ。ということは、解消すれば、千波がこの世に思い残したものも昇華できるのではないか。そんな風にも思った。次第に、「思い残し」を解消することで、それまでよりも強く患者に寄り添えていると思うようになった。これは患者のためになると。だから、今まで一生懸命やってきた。

でも、熊野さんには「怖い」と言われてしまった。やっぱりこの状態は「怖い」ことなんだ。千波を失った悲しみから逃げる手段でもあった「思い残し」。それは患者のためでも、千波のためでもなく、私の逃避にすぎないのだろうか。胸の奥にある闇をただ軽くしたくて、やっているだけなのだろうか。

自分のスマートフォンが鳴って我に返る。画面を見ると、本木からのラインだった。

【お疲れさまです。この前はありがとうございました】

ぐいんと現実に引き戻される。過去のことを思い出していたから、更衣室の明るい床が一瞬冷たい海に見えた。　頭を振って、暗闇を払う。本木は、カフェで話したことを言っているのだろうか。ペンダントを持ち主に返せたことが、ずいぶん前のように感じる。

【お疲れ。こっちこそ、ペンダントのこと、本当にありがとうね】

【いいえ、相談に乗ってくださり、ありがとうございました】

やっぱりカフェで仕事の話をしたことについて言っているようだ。私は、「こちらこそ！」と言っている猫のスタンプを返した。既読になったまま、しばらく返信がない。

ただお礼を言うだけのラインだったのかな、と思って帰るしたくをする。

ロッカーを閉めて帰ろうとしたとき、また通知がきた。

【仕事の何がつらいのか、いろいろ考えました。もしかしたら、私は、何をしても患者さんが良くならないのがつらいんじゃないか、って思うようになりました】

立ったままラインを読む。

【私は子供の頃、心臓病を治してもらったことをきっかけに看護師になりたいと思いました。でも、今私は、誰のことも治せていません】

長期療養特有の不全感……を持ったということか。

【そのことを考えると、どうしようもなくつらいんです。看護師をしていても、何の役にも立っていないんじゃないか、意味がないんじゃないかって思ってしまって。そんなことないって先輩たちは言ってくれると思いますけど、私には耐えられなかったんで

す】

本木のラインは続く。

【長期療養型病棟の看護を否定しているんじゃないです。先輩たちのことは尊敬していますし、回復しない患者さんにケアすることも大事なことなんだって思います。でも、私は患者さんを治したい】

そこで、また通知が途絶えた。私の返信を待っているのかもしれない。

【うんうん、そうだね。分かるよ、その気持ち。でもまずは、何がつらいのか、自分でわかってよかったね。前も言ったけど、道は一つじゃないから、いろんな方向を自分で選んでいけたらいいと思うよ】

本木を励ましながら、自分の胸に手を当てる。私も、自分で道を決めていかなければならないのではないだろうか。「思い残し」に対応する方向だって、一つじゃないのかもしれない。

病院を出ようとしたとき、また通知がきた。

【たくさん考えて、やっと結論が出せました。九月いっぱいで仕事を辞めることにしました。師長さんと主任さんと浅桜さんには、もうお話ししてあります。本当にお世話になりました】

ふっとため息が出る。そうか。決めたのか。ラインに時間がかかっているのは、どうやって伝えようか逡巡しながら書いてくれたからだろう。

【そっかそっか。お疲れさま！　話してくれてありがとう。ちゃんと自分と向き合って、えらかったね。本木は、本当に頑張っていたと思う。患者さんのこともご家族のこともよく考えていたし、だからこそ、つらくなってしまったんだよね。よく頑張ったね。本木がいなくなるのは寂しい！　けど、自分で決めた道なら、私は応援するよ。またごはん行こうね】

おつかれ！　と言っているクマのスタンプを追加して送信した。

病院を出ると、炎天に飛行機雲が長く伸びている。まっすぐどこまでも続く白は、迷いがなくて清々しい。

4　一歩前に踏み出すために

今年も十月がきた。厳しい残暑と秋の境界線。窓の外に見える空は晴れているけれど、空気が少しずつ乾いて、涼しくなっていく季節。私が一番、苦手な季節。

少し残業をして日勤を終え、駅方面へ歩く。どこからか漂う金木犀（きんもくせい）の甘い香りに、思わず足を止めて深呼吸をした。

九月に本木（もとき）が仕事を辞めてから、浅桜（あさくら）は落ち込んでいた。本木は北海道の実家に帰っているらしい。浅桜は、本木が看護師を続けられなかったのは自分の責任じゃないか、と気にしていた。そんな彼女のお疲れ様会をやろう、と山吹（やまぶき）が飲み会を主催した。

指定された居酒屋へ入ると、ぶわっと騒音に包まれた。こういう賑やかな居酒屋は久しぶりだな、と思う。こんなに賑わっているのは、そうか金曜日だからか。看護師をしていると休みがカレンダー通りではないから、曜日の感覚が狂う。

席にはもう、浅桜、山吹、透子さんがいた。

「遅れてすいません」

「あ、卯月さんきた。お疲れ様です〜」

浅桜は休みで、山吹と透子さんは夜勤明けだから今朝の引き継ぎで会った。先に始めてていいよ、と言っておいた通り、みんなもうグラスが半分以上減っている。

「何飲みますか？」

山吹がメニューを渡してくれる。

「ん、じゃあビールにしようかな」

「はーい」

山吹が陽気に返事をして、店員を呼ぶボタンを押した。前に自慢してきたマーガリンイエローのニットを着ている。

「じゃ、あらためて、浅桜お疲れさま〜！」

私のビールが届いたところで乾杯をする。ありがとうございます、と言いながらグラスを傾ける浅桜は、セミロングの髪を今日はおろしている。

「本木さんのこと、どうしてあげればよかったんですかね」

浅桜が言う。

「いや、浅桜はよくやっていたし、実際辞める子は、何を言っても辞めるよ」

透子さんが細いスキニーに包んだ長い脚を組みなおし、フライドパスタをカリカリ齧りながら言う。

「そうですかねえ」

「そうだよ。それに、続けることばっかりが良いとも限らないでしょう。本木は実家に帰ったんでしょ？　それなら、逃げ場はあったわけだし、無理やり続けたって、本木にも患者さんにも、何もいいことないよ」

本木は、妹の代わりに親の期待を一身に背負い、何事も一生懸命やってきて挫折の経験がない、と言っていた。でも、病院で働くことがつらくなったとき、つまりは初めて挫折をしたとき、実家に帰るという判断をした。挫折した自分の姿を、親にちゃんと見せられたということだ。私は、それだけでも本木にとって良かったのではないかと思う。

「なんだかんだいって、本木ちゃんは大丈夫だと思いますよ」

「辞める直前に本木ちゃんと合コンやったんですけど」

山吹が、やや呂律の怪しい口調で言う。

「え、合コン！　いいなあ」

透子さんが口をはさむ。

「透子さん、彼氏いるじゃないですか」

「まあねえ。けど、たまには合コン楽しそう」

「じゃあ、今度は呼びますよ」

山吹がにやりとする。

「ああ、そんで合コンやったんですけど、本木ちゃんは男の子たちのこと全然構わないで、ずっと私の同期とおしゃべりしてました」

「それ合コンの意味ないじゃない」

「そうなんですけど、同期がやっぱり一年目に病棟辞めた子なんで、ゆっくり話せて良かったな、と思いました」

まあそうね、と透子さんは笑う。

「みなさんで本木さんのことサポートしてくださって、本当にありがとうございました。私がもっとしっかりしていればよかったんですけど」

「そんなことないんだって。浅桜は本当によくやったって」

透子さんが、まあまあと言いながら浅桜にお酒を勧める。

「それで、合コンの収穫はなかったの？」

「残念ながら、私の好みじゃなかったんですよねえ」

「起業家相手とか言ってたっけ？」

「あ、卯月さん、本木ちゃんに聞きました？　献血ルームで働いてる同期が若い起業家にナンパされたんですけど、その男が、ベンチャーを起こしてはつぶしてまた起業して失敗して、みたいなへなちょこだったんですよ。で、実家住まいで、親が金持ちなわけでもなく、結局看護師と結婚して自分は好きなことして生活したい、みたいな感じだったんです」

「うわ、最悪。給料日当てで看護師ナンパしたってこと？」

　透子さんが目をむく。

「みたいです」

「うわー行かなくて良かった」

　透子さんがため息をついて、みんなで笑った。「夢を追う、という名のニート」の彼氏を養う看護師、はわりとよくいる。いわゆる「ヒモ」だ。私も、ある先輩の顔を思い浮かべた。本人たちが幸せなら、他人がとやかく言うことではないのだけれど。

「浅桜は、彼氏、地元にいるんだよね？」

　たしか北海道にいると聞いている。

「はい。札幌でSEやってます」

「遠距離って、寂しくない？」

「うーん、そうですね。慣れちゃいましたね」

「浅桜さん、結婚ってことになったら、北海道戻るんですか？」

「そうだね。彼がたぶん地元に残りたい人だから、私が札幌に戻るのかな」

「結婚かあー、想像つかないなあ」と言いながら山吹は両手を頭の後ろで組んだ。

「卯月さんは、いい感じの人いないんですか？」

山吹が無邪気に聞いてくる。

「そうねえ。今はいないかな」

「彼氏欲しいとか思いません？」

「うーん、しばらくはいいかな。仕事楽しいし」

「気が変わったらいつでも言ってくださいね。合コン、セッティングしますよ」

「とかいって、また変なやつ連れてくるんでしょ？」

私の言葉にみんなが笑った。私も笑った。

私は、仲の良い同僚にも、千波（ちなみ）のことを言えずにいる。隠しているわけではない。ただ、冷静に話すにはまだ少し時間がかかりそうだな、と自分で思っているだけだ。

「透子さんは、結婚願望ないんですか？」

私は透子さんに聞く。年齢的にも、看護師の年数的にも、透子さんがここでは一番先輩だ。

「結婚ねえ」

そうつぶやいて、グラスを置いた。透子さんの彼氏は、消化器外科で働く医者だ。少し年下だと聞いている。

「願望がないわけじゃないんだよね。私も来年は三十歳だし、彼も仕事順調みたいで、考えないこともないんだけど……」

口調は煮え切らないものがあった。

「結婚したらさ、子供はどうするかって考えになるじゃない？　それで、子供が欲しいってなると、病棟じゃ厳しいところあるでしょ。もちろん、病棟勤務しながら妊娠出産してる先輩たちもいるよ。でも、あれはあくまで健康な場合でしょ。悪阻がひどかったり、体力的にきついってなったら、やっぱり病棟看護師は大変じゃん。私がいたオペ室なんてもっと無理だし、ＩＣＵも興味あるけど、やっぱり妊婦じゃ厳しそうだし。まして小さな子どもを育てながらって考えると、そう簡単に踏み出せないんだよね」

看護師は、資格職だから離職しても復帰しやすい仕事だし、一般的な職場のように出産や育児が出世に関わることも少ないと思う。でも、身体的にきつい仕事ではある。妊娠中は、お風呂介助や移乗の介助など力仕事はできなくなる。オペ室やＩＣＵのように座る暇もないほど忙しい科も厳しいだろう。どの科でも、患者の容態変化による突発的な残業は多く、夜勤もあるから、出産、育児との両立は難しい。

「それなら、外来やクリニックで働けばいいって話なんだけど、やっぱり私まだガッツリ病棟で働きたいんだよね。そうなると、結婚はまだ先かなあ」

透子さんは腕を組んで考え込んだ。

「そういえば、御子柴(みこしば)主任の奥さん、それで仕事量の調整をしやすい外来に行ったらしいですよ」

山吹が言う。

「え、そうなの？」

「はい。結婚してもう三年くらい経つのにお子さんができなくて、奥さんが外来に行って妊活してるらしいです」

「……ていうか、山吹はどこからそんな情報を知るの？」

どこか謎めいている御子柴さんの微笑を思い浮かべ、私は不思議に思う。

「いや、御子柴さんが自分で言ってたんですよ。休憩中に、そういえば、みたいな感じで」

私と浅桜が同時にふっと息を吐いて笑う。山吹の、丸い頬をふくらませて興味深そうに主任の話を聞いている姿が目に浮かぶ。人の懐に入るのがうまい子なのだ。

でもたしかに、病棟勤務は女性ホルモンが乱れるだろう。夜勤が続けば生理が遅れることもあるし、不規則な仕事で体調を崩すこともある。妊娠しにくくなることは、充分に考えられる。女性の多い職場なのに、女性のライフスタイルに合わせて働きたいなら、異動を考えなければならないのだ。逆に、異動しても働く場所があると思えば、いいのかもしれないけれど。

「あとさ……」

腕を組んで話を聞いていた透子さんがつぶやく。

「うちの母親が看護師で、母子家庭だったのよ」

みんなで透子さんを見る。

「看護師の子供は荒れやすい、なんて世間で言われるでしょ。あれって、親が忙しくて構ってあげられないからなのかな、とか思うんだ。看護師の子供が荒れやすいかどうかなんて、実際はわかんないよ。私の母親は本当にかっこよかったんだ。気の強い肝っ玉母ちゃんって感じで、優しかったし、今でも尊敬してる。私の場合、思春期は人並みに反抗期があったと思うけど、荒れたってほどでもなかったしね。けど、いっつも忙しそうで、夜は夜勤でいないこともあるし、寂しかったのは事実なんだよね」

透子さんは、しみじみと話す。

「だからさあ、もし結婚して子供できたら、子育てはちゃんとしたいっていう気持ちもあるわけ」

来年三十歳。女性としての生き方も、考える年齢ということだろう。

「浅桜のお疲れ様会なのに、私の愚痴会になっちゃったね。ごめんごめん」

透子さんは明るい声を出して「日本酒いこうかな」と言った。山吹が「いいですねえ」と乗る。

「私も飲もうかな」

普段はあまり飲まない日本酒を、私ももらうことにした。

「ちょっと思い出したんですけど、御子柴さん、カモシカンのグッズめっちゃ持ってるの知ってます？」

山吹がくくっと笑いながら言う。

「え、カモシカンって、ボールペンで使ってたゆるキャラ？」

たしか、御子柴さんには似つかわしくないかわいらしいキャラクターもののボールペンを使っていた。

「そうそう。それなんですけど、カモシカンのハンドタオルとかクリアファイルとかも使ってるんです。主任かわいいとこあるな〜って思っちゃいました」

御子柴さんの意外な一面にみんなで笑う。金曜の夜は賑やかに更けていく。

珍しく飲んだ日本酒のせいか、翌朝目を開けたときから頭痛がした。土日休みで良かった、と思いながら布団に潜る。胃腸も少し調子が悪そうだから、お腹に優しいものを食べよう。

のんびりした週末を終えて、今日は日勤だ。午前中、個室から大きな声がしていた。ベッドの上で、小林（こばやし）さんが何か訴えている。それらは言葉にならず、何を伝えたいのか理解することは難しい。私は個室に入り、ベッドサイドを見渡す。手の届くところに危険なものはないかチェックし、転落予防のためにつけている胴の拘束帯を確認する。淡いグリーンを基調とした小花柄の、肌ざわりのやわらかいルームウェアはお元気だった頃からのお気に入りだそうだが、今は何を着ているのか意識できていないかもしれない。長い髪が乱れて、頬に張り付いている。

小林えりさんは、三十八歳の女性だ。子育ての真っ最中で、風邪のような症状が続いたが、三人の幼子を抱えて自分が受診する時間はなく、そのうち治るだろうと思っていたところ、突然激しい頭痛と嘔吐、意識障害を起こして救急搬送に至った。その時点で、すでに脳炎を発症していた。脳炎の原因は、副鼻腔炎だった。

脳神経内科に入院していたが、急性期でできる治療は終わり、後遺症のリハビリ目的で転棟してきた。脳炎の後遺症はいろんな症状がでる。小林さんは、麻痺と精神症状が強く残っている。入院してすぐからベッド柵を乗り越えようとする動きが何度もあり、転落のリスクが高く、家族の希望もあって身体拘束がされている。精神科に入院するのが最適だと思うのだけれど、青葉総合病院の精神科は身体合併症の患者を受け入れられるだけの機能が整っていない。今は、ここでリハビリをしながら、設備が整っている転院先を探しているところだ。

小林さんが大きな声を出した理由がわからず、枕の位置を直してみたり、布団をかけ直してみたりしてみたが、何が言いたいのかはわからなかった。精神症状の強い患者の看護は難しい。安全を守ることの大変さを痛感する。

私は小林さんの髪を結い直す。四日ほど洗っていないから少しべたついているが、コシのあるきれいな髪だなと思う。入院する前は、きっともっとつやつやかだったのだろう。本当は毎日お風呂に入れて、洗髪できるのが望ましい。衛生面でもそうだし、ＱＯＬを保つためにも必要だと思う。でも、全ての患者を毎日お風呂に入れていたら、それだけで一日が終わってしまう。そういうわけにはいかない時間とマンパワーの兼ね合いは、ときどき不全感をもたらす。自分に今できることをやろう、と思い直し、小林さんの髪をとかして丁寧に結い直す。洗髪は明日まで待ってもらうことにする。

小林さんの大声は続かず、すぐに静かになった。部屋から出ようと振り返ったとき、ドアのところに幼い男の子がいるのに気付いた。びくっとしたが、すぐに冷静になる。一つ深呼吸をして、ゆっくり男の子を観察する。幼稚園くらいの年齢で、紺色のＴシャツにベージュ色のチノパンのようなズボンを穿いている。Ｔシャツにプリントされているのは、最近子供たちの間で流行っているらしいアニメの主人公だ。にこにこと笑って、楽しそうにしている。そして、よく見ると男の子はうっすら透けている。

私は、その男の子に見覚えがあった。小林さんの床頭台(しょうとうだい)に飾られている写真を見る。やっぱりそうだ。小林さんは、三児の母である。上から順に、五歳の息子、三歳の娘、一歳の息子がいると聞いた。写真には、三人の子供たちと小林さんも写っている。白いTシャツにベージュのワイドパンツを合わせていて、きれいでおしゃれなママといった感じだ。美しい黒髪はハーフアップで整えられている。私は写真と「思い残し」を見比べる。「思い残し」は、一番上の男の子だ。

ベッドに横になり、焦点の合わない目で天井を眺めている小林さんを見る。もう小林さんは、自分の子供たちを認識することができない。そう思うと、言いようのない切なさと寂しさを感じる。そんな状態なら、幼い子供を思い残すなんて当然のことだ。

でも、と「思い残し」の男の子を見る。どうして「思い残し」は一人しかいないんだろう。お子さんは三人いる。どうして、長男だけを思い残しているんだろう。何か心にひっかかっていることがあるのだろうか。

首をかしげていると、OTの向井真由子（むかいまゆこ）さんが部屋に入ってきた。

「小林さーん、リハビリの時間ですよ」

OTとは作業療法士のことで、身体機能の回復や日常生活動作の回復に向けてリハビリテーションを行う専門職だ。向井さんは、きれいなグレイヘアのショートカットに清潔感があり、いつもにこやかだ。

「お疲れ様です」

「あら、卯月さん、お疲れ様。小林さん、どうです？」

「お変わりないです。さっき少し大きな声を出していたんですけど」

向井さんはうなずいて、「何かご気分悪かったですか？」と小林さんに声をかけながらベッドをギャッチアップする。小林さんはベッドの上で座った姿勢になる。向井さんは手際よくオーバーテーブルの上に柔らかいスポンジのボールを並べていく。手のリハビリに使うのだろう。

向井さんはベテランで、精神科病棟での作業療法も担当しているらしい。小林さんのように精神症状のある患者は関わり方が難しいこともあるが、向井さんなら安心だと思った。

向井さんの二人の娘さんは、もう結婚して独立しているらしい。前に話してくれたことがあった。二人とも、医療とは何の関係もない職業についているそうだ。

「親が、反面教師かしらね」

そのとき向井さんは、笑いながらそんなことを言っていた。私は今後も子供を持つつもりはないけれど、子育てというのは恐ろしいと思う。自分の言動の一つ一つが子供に何かしらの影響を与えると思うと、責任が重大すぎる。

小林さんのお子さんは、三人とも旦那さんの実家に預けているらしい。子供たちはまだ面会には来ていない。意思の疎通のとれなくなった、ときどき大声を出す母親に、子供を会わせるのはかなりの勇気がいることかもしれない。まだ小さな子供ならなおさらだ。

柔らかいスポンジを無表情で握る小林さんを眺めて、それから「思い残し」の息子さんをちらりと見る。この子は、今旦那さんの実家にいるのだろう。前に面会に来ていた旦那さんは、優しそうな人だった。小林さんより少し年上らしく、落ち着いた雰囲気の人だった。ＩＴ関係の仕事をしているらしい。男の子は自分の祖父母の家で、何か困っていることがあるのだろうか。幸い実家は近くにあり、幼稚園など子供たちの環境は変えずに済んでいるらしい。でも小林さんは、もう二人いる子供たち、長女と次男のことは思い残していない。だから、旦那さんとその実家に対して、悪い印象が強いわけではないように思う。自分がいなくなってからの子供たちを心配するなら、全員を思い残しているはずだ。もしかして、長男には母親の小林さんだけが気付いた、発達の遅れなどがあるのだろうか。考えながら、私は病室を出た。

リハビリを終えた向井さんがナースステーションに戻ってくる。

「小林さんのリハビリ、どうですか？」

「右手はだいぶ良くなっています。でも、どうも左手がね、麻痺が強くて。地道にやるしかないですね」

向井さんは、声も物腰も、柔らかい。

「そうですか。ありがとうございます」

「思い残し」の男の子を思い浮かべる。一人だけ思い残された長男。

「あの、全然関係ない話、してもいいですか？」

向井さんは、少し目を開いて「何かしら？」と言った。

「普通、五歳くらいの子供で、例えば発達がちょっと遅かったりしたら、まわりは気付きますか？」

私は、子育ての経験がない。兄にもまだ子供はおらず、親戚に小さな子供がいない。

「五歳の子？　その年齢相応の発達からかなり遅れていたら気付きますけど、五歳くらいの子だと、個性なのか発達なのかわからないこともあるから、よっぽどじゃないかぎりは成長を見守るんじゃないかしら。最近は、ずいぶん早い年齢から診断をつける親が多いみたいですけどね。私は、個性にレッテルを貼っているみたいに感じるときもあるわ。難しい問題よね」

向井さんは、子供の個性を大事にするタイプの母親なんだな、と思う。

「でも、どうして？　卯月さん、まだお子さんいらっしゃらないわよね？」

「あ、はい。友達でちょっと悩んでいる子がいて。でも、私子供いないし、身近に子供いる人が少なくて」

まさか「思い残し」を解消するためです、とは言えない。

「そうなんですね。役所とかでも相談窓口があると思いますよ。調べておきましょうか?」

「ああ！　いえ、いいんです。すいません、大丈夫です」

「そう？　また何かあれば、相談に乗れるからね」

向井さんはにこやかに言って、ナースステーションを出ていった。個性にレッテルを貼る行為か。もしかしたら、小林さんは長男の個性に対してどんな感情を持ったらいいか、うまく受容できていなかったのだろうか。もしそうだとすると、私にできることは何だろう。息子さんの発達に問題がないかはっきりさせること？　でも、成長を見守ることも多いと向井さんは言っていたし、子供の発達については小林さんの旦那さんとその両親で決めていけばいいのではないだろうか。そうなると、私は「思い残し」を解消できない。

涼しい風が吹いて、園庭に植えてあるコスモスが揺れる。薄いピンク色の花がかわいらしい。数日経った夜勤明け、小林さんの「思い残し」である長男の顔を見るだけならいいかな、と思って、幼稚園に来てみた。面会に来ない限りは息子さんに会うことはできない。せめて、元気にしているのかだけでも確認したい。通っている幼稚園は旦那さんが話していたので、すぐにわかった。駅でレンタサイクルを借りて、幼稚園まで走らせた。普通、患者の家族に個人的に会うことは禁止されている。看護師と患者とその家族、という以上の、個人的な関係にはなってはいけないことはわかっている。もちろん、ちらっと顔を見るだけだ。

園庭で子供たちが遊んでいる。小林さんの息子さんはどの子だろう、と目で追う。みんな同じ制服を着ていて、同じ帽子をかぶっているから、見分けにくい。

そのとき、私のスマートフォンが振動した。ポケットごしの振動が長い。電話の着信のようだ。

ポケットからスマートフォンを取り出し、画面を見た瞬間、動揺した。病棟からの着信だった。普段、勤務時間以外に病棟から連絡がくることはまずない。医者のように患者ごとの当番制ではないため、勤務時間外で呼び出されることは基本的にないのだ。それなのに病棟から電話がかかってくるというのは、重要な、今すぐに確認しなければならない事情があるということ。つまり、私が直前の勤務で何かやらかしている場合だ。

緊張しながら電話に出る。

「はい、卯月です」

「もしもし、御子柴です」

主任からだ。

「夜勤明けにごめんね。ちょっと確認なんだけど、卯月さん、今朝の滝(たき)さんの血糖値、わかりますか?」

滝さんの血糖値……と思い出そうとして、頭が真っ白になった。滝さんは、四人部屋に入院している女性で、糖尿病の持病があるから毎日毎食前に血糖値を測定している。血糖値を測って、食前薬を与薬して、それから経管栄養をチューブにつなぐのだ。でも、今朝はどうだっただろう。私は滝さんの血糖値を測ったか？

食前薬を与薬したのは覚えている。経管栄養をチューブにつないだ記憶もある。でも、その前に血糖値を測った記憶がない。そのとき、私は何をしていたのだろう。

……「思い残し」だ！　小林さんの「思い残し」が気になって、注意が散漫になっていたんじゃなかったか。どうして長男だけ思い残しているのだろう、と小林さんのカルテを見直したりして、血糖値の測定をすっかり忘れていたのだ。

「すみません、測定を忘れたかもしれません」

口の中が乾く。

「ああ、そうですか。わかりました。次の勤務のときに、事故報告書、書いてくださいね。香坂師長には、僕のほうから報告しておきます。じゃあ、今日はゆっくりしてね」

主任は優しい声で電話を切った。私は脱力した。いったい何をしているんだ。「思い残し」を解消することで、より患者に寄り添えている気になっていた。でも「思い残し」に気をとられて、ほかの患者の看護に支障をきたしている。滝さんは大丈夫だろうか。私が測定を忘れたせいで、高血糖や低血糖になったりしていないだろうか。背中に冷たい汗がつたう。

血糖値の測定は、重要な仕事だ。重要じゃない仕事なんてないけれど、優先順位はある。例えば、蒸しタオルで顔を拭き忘れた、というのとは話が違う。蒸しタオルで顔を拭き忘れても患者が死ぬことはない。でも、医療行為に関わるミスは、重大だ。

医療事故は、大きくインシデントとアクシデントに分けられる。インシデントは、医療者が何かしらのミスを起こしたが患者や家族に不利益が起こらなかった場合で、アクシデントは不利益が起こってしまう場合である。インシデントは、レベル0から3aまであり、数字が大きいほど危険だ。アクシデントは3bから5に分けられ、やはり数字が大きいほど危険な事故で、5は患者が死亡した場合に当てはまる。

経管栄養を注入する前に血糖値を測るのは、ちゃんと医学的根拠のあることで、低血糖だったら、食前に与薬する血糖降下薬をどうするか医者に指示を聞かなければならない。逆に高血糖だった場合、そのまま経管栄養を注入して大丈夫か、やはり医者に確認しなければならない。低血糖や高血糖は、患者の容態を悪化させる可能性がある。そうした医学的な処置を忘れるというのは、身の回りのお世話を忘れることより怖いことだ。一回測り忘れたからって、必ずしも死に直結するわけではない。誤薬などのもっとリスクの大きい事故もある。でも、やっぱり、五年目にもなってそんな基礎的で重要なことを忘れるなんて、自分の中でショックが大きい。

私のせいで急変なんかしたら、もう看護師は続けられる気がしない。御子柴主任は、滝さんの容態については何も言っていなかった。大丈夫だったのだろうか。いつもと変わらない値を維持できているだろうか。せめて、インシデントレベル２「患者観察の強化」で済んでほしい。

今だって、早く帰って体を休めるべきなのに、小林さんの長男を探しにきている。このことは、小林さんの看護とは関係のないことだ。千波の顔を思い出す。春の淡い空気の中でオレンジ色に染まったゴンドラ。穏やかに笑うかわいい表情。うどんを啜る横顔。どぷんっと海に沈む感覚と、まとわりつくような重い闇。

千波が死んでしまったことで、私は「思い残し」が視えるようになった。最初は、視えるもの全てが何もかも千波の「思い残し」のように思えて、夢中で解消していた。「思い残し」への向き合い方は一つじゃないかもしれない。熊野さんと関わるなかで、そう思うこともあった。もう一度、しっかり考えなくてはいけない。

どうか滝さんの容態が変わりませんように、と願いながら私はゆっくりと自転車にまたがった。帰って、しっかり睡眠をとろう。目の前にいる患者の処置を忘れないように、気を付けよう。暖かな日差しと金木犀の甘い香りで気持ちいい朝のはずなのに、ペダルを漕ぐ足が重かった。

二日後、晴れた秋空に一片の雲が浮いている。美しい風景だけれど、師長にインシデントの報告をしなければならないと思うと気が重かった。患者への影響も心配だ。空とは裏腹に、心はどんよりしている。

朝一番に香坂師長のところへ行って、自分が起こしたミスについて報告した。御子柴主任から話は聞いているはずだが、自分のミスは自分で報告しなければならない。幸い、私が血糖値を測り忘れた滝さんは、容態の変化もなく、穏やかに過ごせているらしい。血糖値の再測定は行ったから、インシデントレベル2「患者観察の強化」「安全確認のための検査」だ。

香坂さんは、頭痛がするときのように眉間に皺を寄せながら私の報告を聞いた。こういうときの香坂さんは、怒鳴ったりしない。少し高い声でねっちりと、丁寧な口調で注意するのだ。機嫌が悪いときはそのあとに小言が続く。濃い色の口紅を塗った唇が、なまめかしく歪む。

「どうしてミスをしたのか原因をはっきりさせて、具体的な対策をとるよう、カンファレンスをしてください」

「はい。すみませんでした」

引き継ぎが始まる時間だったからか、それ以上のお咎め(とが)はなかった。私はとりあえず胸を撫でおろし、引き継ぎ準備をしている夜勤看護師のほうへ向かった。

昼前のカンファレンスで、どうしたら血糖値測定を忘れないで済むか、という話し合いが行われた。看護師はほぼ毎日カンファレンスを行う。患者の事例相談のこともあるし、看護計画の見直しが議題のこともある。今日みたいに、誰かのミスやヒヤリハットについて話し合うこともある。御子柴さんが司会をしてくれる。

「今回は、卯月さんが血糖値の測定を忘れてしまったけれど、誰に起こってもおかしくないことだから、みなさんで共有しましょう」

御子柴さんは、私を責めるような言い方はしない。

「まず、卯月さんは自分が忘れてしまったことの原因はどこにあると思いますか？」

私は、「思い残し」のことを言わないでどう説明をしたらいいかわからなかった。眠かった。疲れていた。忙しかった。どれも当てはまらないわけではないけれど、どれも本当ではない気もする。「思い残し」が視えていなければ、忘れなかった気がする。でも、やっぱり言えない。

「休憩のとき、いつもはちゃんと仮眠がとれるんですが、あの日はあまり眠れなかった気がします。それで、いつも以上に眠かった……ような気がします。やらなきゃいけないことを指示書と照らし合わせてメモをして、やった順に線を引いて消していくようにしているんですが、あの日はいつもの線引き確認をしていませんでした」

多重課題の中、一つ一つ確実に仕事を終わらせていくには、優先順位をつけながら仕事が抜け落ちないようにチェックしなければならない。私もそれをやっていたはずなのに、あの日はチェックじたいを忘れていた。

「声かけしたらどうでしょう？」

先輩の看護師が発言する。

「夜勤は二人一組で入りますが、お互い忙しいと自分のことで精一杯になっちゃって、相手のフォローまでできません。でも、声をかけあって、薬忘れてない？　とか、血糖値測った？　とか、声をかけることはできると思います」

「そうですね」

御子柴さんがうなずく。

「経管栄養のボトルに〝血糖値確認〟って貼っておいたらどうでしょう」

ほかの看護師が発言する。

「紙に書いて貼るって、アナログな方法ですけど、自分で書くからより意識が向きやすいことはあると思います。それに、経管栄養を注入する前に、確実に目にとまるし」

そのあともいくつか対策が出て、インシデントに関する話は終わった。私は対策を全部メモに取った。仕事のあとに事故報告書を書かなくてはいけない。

気持ちを切り替えて、患者の部屋を見回りに行く。自分がどんなに落ち込んでいても、ミスをしたあとであっても、そんなこと患者には関係ない。患者に顔を合わせるために、にこやかな表情を作った。

午後、オムツの交換が終わったあと、小林さんの個室に女性が来た。初めて見る人だ。

「こんにちは」

私は声をかける。

「こんにちは。あの、小林えりの部屋ってここですよね？」

「そうですよ。どうぞ。小林さん、ご面会の方がいらっしゃいましたよ」

小林さんは、ベッドに横になったまま、天井を見つめている。今日は、大きな声は出していない。ドアの近くの「思い残し」の男の子を見る。気にしないほうがいいと思いながらも、つい目をやってしまう。

「今、椅子をお持ちしますね」

面会の女性に言うと、「いや、すぐ帰るんでいいですよ」と言われた。

肩までの茶色い髪にゆるいパーマがかかっていて、ふわふわしている。ハロウィンのかぼちゃみたいな鮮やかな色のニットに、黒いロングスカートが似合っている。若々しく身ぎれいで、持っている鞄はたしか有名なブランドのものだ。小林さんの、お友達だろうか。

「お花って、差し入れできないんですね。さっきナースステーションで没収されちゃいました」

女性は、鼻に皺を寄せて笑った。

「そうなんです。すみません」

生花の差し入れができない病院はずいぶん増えた。植物についている菌が患者に感染する可能性があるからだ。よほど免疫力が低下していない限り感染することはないようだが、リスクをできる限り避けたいのは、当然の判断だ。

「えり、来たよ〜」

そう言って、面会者は小林さんに近付いた。そして「わあー……」と小さな声を出した。

「全然変わっちゃったね。えり、本当に、私のことも何にもわかんなくなっちゃったんだ」

私は「失礼します」と言って、部屋を出ようとした。でも、面会の女性に引き止められた。

「看護師さん、えりはもう、元に戻らないんですか？」

知りたい気持ちはわかるが、看護師から病状の説明をすることはできない。

「それは、担当医からご家族に説明がいっていると思います」

そう言うと、女性は「まあ、そうですよね」と小さく笑った。

「えりとは、短大のときの友達なんです。けっこう一緒に遊んで、仲良かった。友達の中でもえりはモテるほうで、お互いの歴代彼氏を知っています。今の旦那さんもかなりハイスペックな男をゲットしたねって、みんなで言ってたんですよ」

女性が、肩をすくめて小林さんを見た。

「けど、こんな状態になっちゃったら、どうしようもないのにね」

私は、何も言わずに話を聞いた。

「子供のために時間削って、美容院もエステも行けないって言ってた。どんなにハイスペックな旦那ゲットしたって、こんな寝たきりになっちゃって、私のことも理解できなくなっちゃって。かわいそうに。結婚って、なんなんでしょうね」

友人の口調は、妙にさっぱりしていて、小林さんの今の状況に同情しているのか、見下しているのか、わからなかった。

「そうそう、看護師さん。えりって、結婚する直前まで前の彼氏と続いていたんですよ。旦那さんと元カレの、二股」

友人が意地悪そうにニヤッと笑いながら言う。

「ねえー、えり。あんたけっこう、男にだらしなかったよね」

小林さんの顔をのぞきこむ。小林さんは、静かに横になっている。

「こんなこと暴露されても何も反応しないなんて、つまんないの。何も話せないし。えり、私帰るね」

友人が小林さんに向かって声をかけるが、小林さんはやはり反応を示さなかった。友人は私に向けて「じゃ、帰ります」と言って、部屋を出ていく。小林さんに対して「また来るね」とは、言わなかった。ハイブランドの鞄を持って身ぎれいにしている友人と、ベッドに横になって周囲のことを認識できなくなった小林さん。私は、小林さんの身の回りをなるべくきれいにしておこうと改めて思った。外の世界で身ぎれいにして生きている人が面会にきても、「かわいそう」なんて言われないように、できる限りのことはしようと決めた。

「元カレの話なんか、わざわざしなくてもいいじゃないですかねえ?」

私は、天井を見ている小林さんに話しかける。あれはなんだか少し嫌な感じがあったな。意識してなのか無意識なのかわからないけれど、少なくとも私は嫌な印象を持った。同性の友達として、モテていた小林さんへの嫉妬だろうか。いわゆる「ハイスペック」と言われる旦那さんをゲットしたことへの嫉み(ねた)だろうか。わざわざ他人である私がいるときに言わなくてもいいことだった。

そこで、私は自分の頭に浮かんだ仮説にはっとする。結婚する直前まで前の彼氏と続いていたと友人は言っていた。ドアのほうを見る。相変わらず一番上の息子の「思い残し」は、にこにこしながらそこにいる。長男は、小林さんに似ていると思う。旦那さんには、似ているだろうか。

もし、結婚してすぐ長男を妊娠したのだとしたら。旦那さんか、元カレか、どっちの子供かわからないのではないか。まさか、はっきりしていないのではないか。そのことを、小林さんは心配している。それなら、長男だけを思い残している理由も納得がいく。

いつかもう少し子供たちが大きくなったとき、長男だけが旦那さんの実の子供ではないとはっきりしてしまったら、長男がどんな思いで生きていくことになるのか、そのことを心配しているのではないだろうか。それが「思い残し」になっている。

「こんにちは」

ドアのほうから声がしてびっくりする。

「ああ、こんにちは」

旦那さんだった。面会がいつもより早い。いつもは仕事が終わってから面会に来るようで、平日は夜勤の時間帯に来ることが多い。さっきの女友達と鉢合わせしないで良かった、と思った。

「今日はお早いんですね」

「これから取引先に行くところなんですが、時間が中途半端だったので、顔を見に寄りました」

そう言って「えり、調子はどうだ？」と小林さんのベッドサイドへ近付いた。

「変わりないか？　つらいところないか？」

声をかけながら前髪を撫でている。旦那さんは、今の状態の小林さんのことをとても大切にしているように見える。こんなに優しい旦那さんがいるのに、結婚直前まで二股だったなんて、小林さんけっこう奔放だったのね、とつい考えてしまう。同時に、二股の相手がどんな人だったかはわからないけれど、この旦那さんのほうを選んで良かったね、とも思った。さっきの友人みたいな、意地悪な気持ちではない。女同士でこっそり話せる秘密の話だ。二股は良いこととは言えないけれど、結婚する前だったし、多少やんちゃしてたとしても良い旦那さんをゲットできたし、結果オーライだよね。もし私が友達なら、そんな風に言ったかもしれない。

でも、もし長男が旦那さんの子供じゃなかったとしたら、そのことを旦那さんが知ったとしたら、どう思うだろう。自分の子供じゃなかったら、かわいくなるのだろうか。それとも、二股をしていた小林さんを責めるだろうか。どっちの子供なのか、私がその真相に辿り着くには無理がある。ＤＮＡ検査をすれば一発で親子関係は証明できるが、そんなこと私ができるはずもない。せめて血液型だけでもわかれば、と思うが、元カレの血液型がわからない以上、判断のしようもない。

「そうだ、看護師さん。子供の蕁麻疹って、やっぱりアレルギーですか？」

旦那さんが私のほうを見て言った。

「蕁麻疹ですか？」

「はい。今、子供たちをうちの両親に預けているんですけど、一番上の子が昨日の夕飯のあとに蕁麻疹が出て、赤くなって痒がっていたんです。うちの母親が、蕁麻疹は冷やしておけば治るっていうんで、冷やして、そうしたら少しずつ引いていったんですけど。やっぱりアレルギーなんでしょうか？」

「今までもそういうことはありましたか？」

「実は、夏のお泊り保育のときも蕁麻疹が出たんです。それで、アレルギー検査をしようって妻が言っていたんですけど、病院を探したりしているうちに妻のほうが倒れてしまって、今までそのままにしてしまっていたんです」

「そうだったんですね」

子供の蕁麻疹は、たぶんアレルギーだと思うけれど、はっきりと自信がない。私は、子供は専門外なのだ。そこへ、廊下を歩くＯＴの向井さんが見えた。向井さんなら、小児科の作業療法も担当しているし、子育ての経験があるから母親としての知識もあるかもしれない。

「向井さん」

思わず引き止める。

「どうしました？」

「あの、子供さんの蕁麻疹って、アレルギーのことが多いんですかね」

「蕁麻疹？」

「ああ、すいません。うちの子供に蕁麻疹が出て、アレルギーですかねって話をしていたんです」

向井さんは、旦那さんの話を聞いて「なるほど」とうなずいた。

「お母さんの作るものを食べて蕁麻疹が出たことがなくても、お泊り保育やおばあちゃんの家で出たなら、普段はお母さんがあまり使わない食材がアレルギーの原因なのかもしれないですね。普段は口にしないものが献立に出たんじゃないかしら。家で料理をするときって、作る人や食べる人の好みで料理することが多いから、食材が偏るのよ。普段は使わないものを他所(よそ)で食べて、初めてアレルギーに気付く子もいると思いますよ」

向井さんの説明に、私も納得した。

「お子さん、おいくつですか？」

「五歳です」

「それなら、念のため、小学校の給食が始まる前に調べておいたら安心かもしれませんね。アレルギー検査は、小児科だけじゃなく、地域の耳鼻科や眼科でもできますよ」

向井さんはにこやかに旦那さんに説明した。

もしかしたら、小林さんは長男のアレルギー検査を思い残しているのか？　いや、でも旦那さんも長男に蕁麻疹が出たことは知っているし、アレルギー検査をする話は共有している。小林さんしか蕁麻疹のことを知らないわけではない。そうすると、やっぱり本当に旦那さんの子供なのかどうか、それを心配しているということだろうか。

もしかしたら小林さんは、アレルギー検査をするときに血液型を調べるつもりだったのかもしれない。五歳なら、まだ血液型を調べていない可能性は高い。手術を受けたり輸血をしたりすることがない限りは、最近はそんなに早く調べないと聞いたことがある。血液型を調べようと思っていた矢先に自分が倒れてしまった。もし旦那さんの子供じゃなかったらどうしよう。そのことを心配して、だから、長男だけ思い残しているのか。

「何かわからないことがあったら、また聞いてくださいね」

柔らかく言うと、向井さんは立ち去った。旦那さんが「ありがとうございます」と見送る。

血液型をはっきりさせるほうが小林さんや家族のためになるのかどうか、私には判断がつかなかった。知らないほうがいいのか、知るなら早いほうがいいのか。私の決めつけかもしれないけれど、小林さん自身は知りたいのではないだろうか。どうしても、おせっかいな血がうずくのを止められなかった。怪しまれるかもしれないと思ったけれど、私は聞いてみる。

「長男くんは、もう血液型って調べてあるんですか？」

旦那さんは腕時計を見て、そろそろ退室しようとしていた。仕事の途中で寄っただけ、と言っていたから、時間がないのだろう。

「あ、いや、まだ血液型は調べてないんです」

「もしアレルギー検査をするなら、一緒に血液型も調べられると思いますよ」

「そうなんですね。それなら一緒に調べちゃおうかな」

何の疑いも持っていない旦那さんが、にこやかに言う。

「じゃ、えり。また夜に来るからね」

小林さんに声をかけて、旦那さんは「失礼します」と部屋を出ていった。

余計なお世話だっただろうか。私は、もう関わらないほうがいいと思っているのに、また「思い残し」を解消しようとしている。いったい、誰のための行動なのか。一緒に勉強して、仕事をしてからも支え合ってきた千波に、恥ずかしくない看護師でいたいと思っている。でも、今の私を見たら千波はどう思うだろう。

日勤を終えたあとに事故報告書を書く。日勤の看護師はみんな帰って、夜勤の看護師たちが働いている中、一人でナースステーション内のパソコンに向かっていた。ため息が出る。さっきカルテを確認したら、小林さんの血液型はA型だった。そんなことを確認している自分に、もうやめなよ、と思う。でも、すぐにやめられるなら苦労しないよ、とも思う。だって、ここ二年間、断続的にではあったがずっと視えていた「思い残し」なのだ。今更、無視はできない。

「卯月さん、終わりそうですか？」

呼びかけられて振り向くと、御子柴主任だった。

「御子柴さん、まだいらしたんですか！」

「卯月さんの事故報告書、どうかなと思いまして」

「すみません。もう終わります」

主任は、普段はクールな目を柔らかく細めて「お疲れ様。患者さんは何ともなかったし、次から気を付ければ大丈夫だからね。あまり気を落とさないように。お先に失礼します」と言ってナースステーションを出ていった。

「はい。お疲れ様です」

パソコンに向き直って、またため息をついた。お腹空いたなあ、と思ったら、胃がぐうと鳴った。

事故報告書を終わらせて休憩室へ行くと、スマートフォンにラインが来ていた。透子さんだ。

【今日日勤でしょ。終わった？　ごはん行かない？】

食事の誘いだった。時間を確認すると、三十分以上前だ。

【返信遅くなってすいません！　今終わったところです。ごはん行きたいです】

疲れているし空腹だし、外食できると思ったら少しだけ気分が盛り返した。ラインはすぐに既読になる。

【山吹とよっちゃん寿司にいるよ。おいで～♪】

山吹も一緒なのか。胸のあたりがじんわりする。こういう日に誰かと食事ができることは、本当にありがたい。私は、了解！　というクマのスタンプを返し【着替えて直行します】と返信した。

病院を出ると、薄いニット一枚では肌寒い。ついこの前まであんなに暑かったのに。涼しい空気を大きく吸って、ゆっくり吐く。薄明の空にカラスが数羽飛んで行った。


「らっしゃーい！」

よっちゃん寿司の板前さんたちは、相変わらず元気に迎えてくれる。私だって、何を内心で思っていても、患者やご家族の前ではにこやかにしている。もしかしたら、この板前さんたちの中にも「今日は大きな声を出すのがしんどいな」と思っている人がいるかもしれない。誰が何を思いながら生きているのかなんて、本当はわからない。わからないから、知ろうとする。わからないから寄り添う。そう思うと、やっぱり「思い残なくなる。

し」みたいに、患者の内面を視てしまうというのは、果たしていいことなのか、わから

「あ、卯月さん、お疲れ様です」

「お疲れ」

山吹と透子さんは、カウンターに並んで私を振り返った。

「うちらもう結構食べたから、卯月なんか頼みな～」

二人はしっかり食事を楽しみ、すでにビールは二杯目だそうだ。

「あ、じゃあ、私もビール飲んじゃおうかな」

「おうおう、飲みな。すいませーん、ビール！」

透子さんがビールを頼んでくれて、板前さんが元気に復唱する。

「卯月さんは、まずホタテと甘えびとマグロ、でどうでしょう！」

山吹が注文してくれる。そこで私は気付いた。私は、どうやら慰められているようだ。

「もしかして、私のミスを励ましてくれています？」

届いたビールを一口飲んで、二人に言った。

「あ、バレた？　まあ、それもあるけど、最近、卯月ちょっと元気ないから」

「元気ないですか？」

「うん、なんかちょっと、悩んでんのかなって思って」

「すいません、お気遣いありがとうございます」

ビールを持ち上げて、少し冗談みたいに言ってみた。

私が悩んでいるのは、「思い残し」とどう関わったらいいのかということと、その過程で生じたインシデントだ。落ち込んではいたけれど、二人に励まされるほど元気がないように見えたなら、申し訳ないと思った。それとも、元気がないのはやっぱり十月だからだろうか。千波がいなくなった月。千波が死んでしまった月。一年で一番、寂しい季節。

私が千波を失ったとき、この二人はまだ同じ病棟で働いていなかった。透子さんはオペ室だったし、山吹は学生だった。ほかの看護師から、私が病欠していたことがあると聞いているのかどうか知らないけれど、私から話をしたことはない。言葉に出すと、悲しみの輪郭がくっきりする気がして、私はあの頃のことを誰かに話すのが苦手だ。話せば今でも、私はすぐに深海に潜ってしまうだろう。闇に体を持っていかれ、波に身を削られる。そのことが怖くもある。

「はい、卯月さん、いっぱい食べてくださいよ!」

山吹が、お茶を淹れてくれる。

「ありがとう」

「卯月が食べてるの見たら、また食べたくなるな」

透子さんが、追加で何か注文しようと用紙を手にとる。

「あ、透子さん、私バニラアイス食べたいです！」

山吹が言う。

「え、ここってアイスなんてあるの？」

「あるんですよ〜」

にやにやする山吹を見て、私は十月特有の寂しさを少し遠くへ追いやる。生きているものは、しっかり食べて、しっかり生きる。そうするしかない。ホタテのお寿司を口に入れて、ちゃんと味わった。


一週間ほど経った夜勤の日。引き継ぎの前に小林さんのカルテを確認すると「長男にゴマの食物アレルギーが判明。本人のアレルギーも要確認」と記載があった。長男のアレルギー検査が終わったのだ。

旦那さんが面会に来て、ナースステーションで面会票を書いている。

「こんばんは。息子さん、アレルギー検査終わったんですね」

仕事後のスーツ姿の旦那さんは、少し髭が伸び始めていて、やや疲れているように見えた。それでも、小林さんを看病しながら、子供たちと一緒に生きているし、これからも生きていくのだろう。

「はい。アレルギーは、ゴマだったみたいです。言われてみれば、えりの料理にはゴマって出たことなかったな、と思いました。それで思い出してみると、実家で蕁麻疹が出た日、母が大学イモを作っていたんですよ。そこでゴマを食べたからだったのか、ってわかりました」

「そうでしたか。わかって良かったです。これからは、避けられますね」

「はい。あと、血液型も一緒に調べてもらったんです。あいつ、やっぱりO型でした。おっとりしているから、そうじゃないかなと思っていたんですよ」

そう言って、旦那さんは笑った。目じりに皺がよる。

「昨日えりにも伝えたら、あいつちょっと笑ったような顔したんですよ。やっぱりあいつもO型だと思ってたんじゃないかなあ」

「そうだったんですね」

旦那さんは「じゃあ」と言って小林さんの部屋のほうへ歩いていった。

引き継ぎを終えて、二日ぶりに小林さんの部屋に向かうと、もうそこに「思い残し」はいなかった。

小林さんが前に付き合っていた男性の血液型はわからない。でも、息子さんがO型で「思い残し」が消えたということは、きっと元カレはAB型だ。AB型は、何型の人との間にもO型は生まれない。小林さんが、旦那さんの話をどこまで理解できたのかはわからない。でも、うまく表出できないだけで、感情がなくなってしまったわけではない。きっと旦那さんから話を聞いて、何かに安心して「思い残し」が消えたのだ。

今回の「思い残し」に関して、私は特に何もしなかった。結局「思い残し」が何だったのかもはっきりしていない。アレルギーのことだったのか、血液型のことだったのか、結局はわからない。それでも、「思い残し」は消えた。

もしかしたら、私はいままで、「思い残し」にとらわれすぎていたのだろうか。

サンボの運転する軽自動車がエンジンをうならせながら高速道路を走っている。私は助手席から外を眺め、静かにため息を吐く。家を出るとき「じゃ、いってくるね」と写真立ての千波に声をかけた。笑顔のかわいい、もういない千波。

「サービスエリア近いけど、寄る？」

サンボが聞く。

「ああ、そうだね。そろそろお昼食べようか」

「そうしよう」

サンボはいつもより口数が少ないと思う。優しい男だから、私に気を遣っているのかもしれない。カーステレオから知らない曲が流れている。サンボの彼女が好きなK‐P

OPアイドルの曲らしい。名前を聞いても私は全然知らなかった。

病棟看護師の良いところの一つは、勤務がカレンダー通りではないことだと思う。看護師以外の友達と休みを合わせづらいという難点はあるが、平日に休みが取れるのは貴重だ。週の真ん中、水曜日のサービスエリアは空いている。

「意外と寒いね」

車を降りると、思いのほか風が冷たかった。私はニットのカーディガンの前をあわせる。

「もう十月も終わりだからね」

サンボは雲の間から差し込む光を見上げて言った。

サービスエリアのフードコートで私は温かい蕎麦を、サンボはラーメンを食べる。お土産コーナーを冷やかし、トイレを済ませ車に戻る。

サンボがエンジンをかけると、カーステレオからハイトーンボイスのアイドルが歌い出した。車はのろのろと走り出す。

高速を降りて、窓の外がますます長閑(のどか)になっていく。あと一時間も走れば、目的地に着くだろう。

「ねえ、サンボは、例えば今日死にますって言われたら、何か思い残すことってある?」

雲が晴れて、日差しが注いでいる。小さな池が見えた。きらきらと陽光が反射している。

「思い残すこと？」

「そう。思い残すこと」

「そりゃあ、あるんじゃない？」

「例えば？」

んーと考えてから「みーちゃんと結婚したかったな、とか」と、彼女の名前をあげた。

「ああ、そうだね。結婚、しないの？」

「したいんだけど、みーちゃん今年プリセプターやってるから忙しいんだよね。仕事にやりがい感じてるみたいだし、切り出すタイミングがわかんない」

みーちゃんはサンボの二つ後輩だと言っていたから、三年目か。

「タイミングねえ……」

人生のタイミングは何で決まるのだろう。偶然、縁、運命。いろいろな言い方ができるけれど、何かの因果があるのだろうか。何かをしたら何かが起こる。そんな簡単なことじゃないよね、と思う反面、何かルールがないと納得できないよ、とも言いたい。

「卯月は思い残すことあるの？」

サンボが言う。

　自分から振った話題のくせに居心地の悪さを感じ、適当にはぐらかす。サンボは、それ以上何も聞いてこない。少しの沈黙をやり過ごす。ぼーっと外を眺めていると、目的地に着いた。

　私は昨日買っておいた花束を後部座席から取り出す。仏花のほうが良いのかもしれないけれど、鮮やかな花のほうが似合う気がするのだ。サンボと連れ立って霊園に入る。代々続いているらしい古いお墓の前で立ち止まる。

「久しぶり。今年も来たよ、千波」

　墓石には「三門家」と千波の苗字が彫られている。本当に千波は死んだのだ、と改めて実感する。墓石や木々の影がぐんっと濃くなった気がした。悲しみに、今日だけはしっかりと手を触れよう。忘れることなどできるはずのない喪失感に、今日だけは怖がらずにどっぷりと浸かる。

　サンボと一緒にお墓の掃除をする。花立に水を入れて、霊園には似合わないほどカラフルな花を生ける。お線香を焚いて、手を合わせる。このお墓の文字も、どこかの誰かがサンドブラストで彫ってくれたんだな、と思う。

「今年もありがとうね、サンボ。私、免許ないからここまで来るの大変で」

　ゆっくり手を合わせていたサンボが顔をあげる。

「私は、ないかなあ」

「俺も来たかったから、いいんだよ」

サンボが、手桶などを持ってお墓を離れていく。片付けるという口実で、私を一人にしてくれているのだ。相変わらず、優しいと思う。

「千波、私、思い残しのこと、どうしたらいいんだろう」

千波が亡くなる直前に、私は指輪を受け取った。今日は、それを久しぶりにつけている。いつもしまわれたままの、まだピカピカの新品みたいな指輪。苦しい記憶によってまた深海に引きずり込まれていくようだ。千波とのいろんな思い出がよみがえる。一緒に行った遊園地で見たあの空。二人きりで淡い空気に包まれた、理想郷。

「千波は、私に指輪を渡せて良かった？」

返事のないお墓に話しかける。

「本当は、何を伝えてくれようとしていたの？」

私が慕っていたのと同じように、千波も私を好きでいてくれたって、思っていいのかな。恋愛感情を持っていてくれたって、信じていいの？　「思い残し」とは、どう関わっていけばいいんだろう。もしかしたら私は、千波の本心が聞きたかったから、「思い残し」も解消してきたのかな。一生懸命やってきたけれど、最近はとらわれる必要はない気がしているんだ。それでいいんだよね……。

「そろそろ帰ろうか」

サンボが声をかけてくる。ずいぶんと一人で千波に話しかけていたらしく、少し陽が傾き始めている。私は立ちあがって、ゆっくり深海から顔を出す。嫌でも現実には戻らなければならない。

「うん、帰ろう。運転ありがとうね。疲れたら言ってね」

「うん」

「じゃあね、千波。また来るから」

そう言って私はお墓から立ち去る。合わせていた手が冷えている。秋の山風がびゅっと私の髪を乱す。

もうすぐ、十月が終わる。

5　ありのままを受け入れて

テレビや街頭で、クリスマスソングを耳にすることが増えてきた。病棟にも小さなツリーが飾られている。今年もあっという間に十二月がやってきた。冬は、病棟で気を遣うことが多いから大変だ。寒さは、患者を気弱にさせるし、乾燥で喉や鼻の粘膜が弱まり、免疫力が低下することもある。風邪やインフルエンザ、ノロウィルスの蔓延も注意しなければならない。ほとんどは面会者が持ち込むから、訪問者にはナースステーションの入り口で手指消毒をしてもらう。

日勤の午前中に、ヘルパーさんに手伝ってもらいながら清拭をする。清拭とは、お風呂に入れない患者をベッド上で蒸しタオルで拭き、体の清潔を保つケアだ。これから清拭を行う患者は、意識がなく、呼吸器を利用している。お風呂に入るのは難しいが、じっと動かなくても、人間は発汗するし、垢もたまる。清潔にしておかないと、感染のリスクがあるし、ＱＯＬも低下する。

呼吸器のチューブに気を付けながら、患者の上半身を脱衣させて、バスタオルで覆う。ベテランのヘルパーさんは手際よく、バケツにためた熱い湯の中でタオルを濯いでしぼってくれる。ちゃきちゃきとしていて、動きに無駄がない。熱さで手は赤くなっている。私はタオルを受け取り、素早く胸部、腹部と順に拭いていく。冬の清拭は、寒さとの勝負だ。患者が寒いと感じたら、血圧があがってしまうし、清潔ケアが不快だったら元も子もない。湿疹などができていないか、皮膚の観察も大切だ。全身を終わらせて、服を着ていただき、血圧と酸素飽和度を測定する。変化がなくて一安心だ。ヘルパーさんと一緒に後片付けを行う。患者には寒さが大敵だが、こちらは体を動かしているから逆に温まる。

「ありがとうございました。寒い日の清拭は気を遣いますね」

「ほんと、こっちは暑いくらいだけどね」

熱いタオルを何度も濯いで、ヘルパーさんも肉体労働だ。看護師だけではできない日常のケアを手伝ってもらえて、ヘルパーさんの存在は大きい。

寒い季節は、清拭以上にお風呂介助が怖い。真夏のお風呂介助は、介助している看護師やヘルパーにとって地獄だが、真冬は患者にとって苦痛にならないように気を付けなければならない。昨今、自宅でもよく起こると言われているヒートショック。気温の急な変化によって血圧が変動し、心臓や脳に病気を引き起こす。長期療養型病棟でも、急な血圧の変動によって体に負担のかかることは避けたい。脱衣所を事前に温めておいて、ゆっくりお湯をかける必要がある。寒い思いをさせてはいけない、でも急な熱いお湯もいけない。冬の看護はとてもデリケートなのだ。

廊下から個室の笹山さんの部屋をのぞく。笹山トヨさんは八十七歳の女性で、銀色に光る美しい白髪がふわふわしていて、目元はくりっとしている。小さな丸い鼻には、経管栄養用のチューブが留置されている。いつも、水色やピンクといった淡い色のおしゃれなパジャマを着ていて、童話に出てくるおばあちゃんといった雰囲気だ。今は車椅子に座って、STの津国慶吾さんと向かい合っている。

STとは言語聴覚士のことで、何かしらの原因でしゃべれなくなったり、食事が飲み込めなくなったりした人のリハビリを行う専門職だ。笹山さんはクモ膜下出血の後遺症で麻痺があり、両方ともできない。練習をしている最中だ。

笹山さんの娘さんが、車椅子の後ろで腕を組んで立っている。私は、ちょっと緊張しながら部屋に入る。

「こんにちは」

声をかけると、娘さんが私を見た。眉間に皺を寄せて、首を突き出すように会釈をしてくる。室内の暖房が暑いのか、真っ赤なセーターの腕をまくっている。平日はパートの日が多いらしいが、今日は休みのようだ。

「椅子お持ちしますね」

私の言葉に娘さんは、また首を少しだけ突き出した。

私はナースステーションに戻って、面会者用の椅子を持って笹山さんの部屋へ行く。椅子を差し出すと、娘さんは黙って座った。

「津国さん、笹山さんはいかがですか？」

「少しずつ練習できていますよ」

津国さんは、白い歯を見せながら言った。紺色のスクラブから伸びる腕がたくましい。三十代半ばのこのSTは、行く病棟ごとにお目当ての看護師を作り遊んでいるらしいと噂で聞く。事実はわからないけれど、彫りが深くワイルドな印象で、横浜の郊外よりは湘南の海でサーフボードを抱えているほうが似合うルックスは、チャラいと思われても仕方ないかもしれない。

私はあまり好みの男性じゃないのだけれど、同僚の中には「津国さんと食事に行った」と喜んでいる人もいる。病棟での人気は、ミステリアスでクールな御子柴さんと半々といったところか。プライベートはどうでもいい。仕事をちゃんとやってくれれば私には関係ない。

笹山さんは舌の運動の練習をしていた。音を発することはできるが、うまく言葉にならないようだ。口唇の筋肉も麻痺があるから、唾液が垂れて口のまわりが汚れている。STのリハビリが終わったら蒸しタオルを持ってこよう。

「じゃあ、よろしくお願いします」と津国さんに言ってから、娘さんに会釈をして、私は個室を出た。

ナースステーションに戻って笹山さんのカルテを見る。

笹山　トヨ　八十七歳　女性

【現病歴】

埼玉県で独居。十二月三日、玄関で倒れているところを近所の女性が発見し、救急搬送。クモ膜下出血を起こしており、同日、開頭による脳動脈瘤クリッピング術施行。麻痺レベルBRS、手指Ⅱ、上肢Ⅲ、下肢Ⅱ。嚥下障害、構音障害あり。リハビリ目的にて、家族の家に近い長期療養型病棟のある当院へ転院。

【既往歴】

高血圧

脂質異常症

変形性膝関節症

脳動脈瘤クリッピング術とは、その名の通り、動脈にできた瘤の部分を金属のクリップではさみ、流れ込む血液を遮断して再破裂を防ぐ手術だ。手術はうまくいったが、すでに出血した場所の損傷を治せるわけではない。

ＢＲＳは麻痺のレベルを評価する指標で、手指、上肢、下肢に分けられて評価され、ⅠからⅥまでのレベルに分類される。Ⅰは弛緩性麻痺。つまり筋肉に全く力が入らない、完全に麻痺した状態。数字が大きくなるごとに症状が軽くなり、Ⅵは麻痺があっても行動範囲が広い良い状態だ。笹山さんは、手指と下肢がⅡ。上肢がⅢ。腕をあげさげすることはできるが、それ以上のことはできない。立ち上がったり、歩いたり、文字を書いたりすることはまだできない。

変形性膝関節症は、加齢などの原因で膝関節に変形が起こる病気で、進行すると強く痛む。笹山さんはそこまでひどい状態ではなかったが、今回体の動きに関係する脳の部位を損傷してしまい、動けなくなってしまった。

嚥下障害と構音障害も起こしている。飲み込めないという障害と、しゃべれないという障害だ。津国さんは、そのリハビリテーションのために来てくれている。

一人暮らしが難しくなった笹山さんは、娘さんが看病と面会に来られるよう、娘一家の近くの当院に転院してきた。夫は十年以上前に他界。娘さんは結婚していて、娘がいるという。

津国さんがナースステーションに戻ってくる。リハビリ中にはずしていたらしく、腕時計をポケットから取り出してはめている。文字盤がデジタルで、スポーティーなデザインだった。

「お疲れ様です」

声をかけると、津国さんは少し難しい顔をした。

「笹山さんですけど、発声はだいぶ良くなっていますが、嚥下が難しいですね。今の状態でしたら、ゼリーでも誤嚥（ごえん）すると思います」

誤嚥とは、食べ物や飲み物が食道のほうへいかず、気管に入ってしまうことだ。食べ物が気管のほうに入れば、誤嚥性肺炎になってしまう。ゼリーは飲み込みの悪い人にとって一番食べやすい形状だが、それでも厳しいとなると、ほかの食べ物では窒息のリスクも高い。

「そうですか」

「今は鼻からTFいってますけど、今後のことを考えると胃ろうの検討もしたほうがいいかもしれません」

「わかりました。先生に聞いておきます」

「はい。近いうちカンファレンスしたほうがいいですね」

「よろしくお願いします」

津国さんは険しい顔でナースステーションを出ていった。

嚥下障害のある人は、口から食事がとれないから鼻からチューブを入れて栄養剤を流すことが多い。嚥下の機能が回復してくる見込みがあれば、そのまま鼻からのチューブで過ごしてもらい、口から食べられるようになったら少しずつ経口摂取に移行していける。しかし、嚥下障害がひどく今後経口摂取が見込めない場合、胃ろうを造設するほうが、窒息や誤嚥性肺炎などの合併症のリスクは減る。ご家族も交えて相談しなければならないだろう。私は、担当医に確認することとして、自分のノートにメモをした。

蒸しタオルを持って笹山さんの部屋へ行く。

「失礼します」

娘さんが私を見る。

「看護師さん、あの人、本当に信用できます？」

私は、始まった、と思った。

「STの津国ですか？」

「そうです。なんかチャラチャラしていて、信用できないんですよね。お母さん、本当にしゃべれるようになるのかしら」

腕を組んだまま面会者用の椅子に座って、足をカタカタと揺らしている。

「津国はちゃんとやっていますし、笹山さんも頑張っていらっしゃいますから、長い目で見ましょう」

娘さんは、ふーんと鼻から息を吐いた。

「長い目って言ったって、入院費払ってるのはこっちなんだけどね」

私は曖昧に苦笑だけして、「お顔拭きますね」と声をかけて笹山さんの口元を拭いた。

「うぃあえん」と笹山さんは声を出し、頭を下げる。すみません、と言ったのだろう。

笹山さんは、麻痺はあるが意識は清明で、こちらの話していることも全て理解できているはずだ。くりっとしたかわいらしい目を伏せて、娘さんのほうを見ようとしない。自分の病気のせいで娘に迷惑をかけている、と思っているのだろうか。

母親が急にクモ膜下出血で倒れたのだから、娘さんが心配でイライラしてしまう気持ちはわかる。余裕がなくなってしまうのだ。それはわかったうえでも、この家族は文句が多い。

笹山さんの介護がこんなに早く訪れると思っていなかったのかもしれない。一人で元気に暮らしていた母親が、ある日突然何もできなくなってしまった。そのことを受け入れ、自分の生活の一部に組み込まないといけないのは、大変だろう。

「あと、もうそろそろ、口からごはん食べられますよね？」

娘さんは投げやりな口調で言った。

「ああ、いや、お食事はまだ、難しいですね」

「そうなの？　なんで？　早く食べさせてあげたいんですけど。こんなチューブから栄養剤いったって、お腹いっぱいにならないでしょう」

経管栄養剤は、毎日それだけの摂取でもちゃんと生きていけるだけの栄養とカロリーが入っている。でも、娘さんが話しているのは、そんなことではないのだろう。気持ちはわかるが、さすがに口からの食事は無理だ。

早めに胃ろうの相談をしたほうがいいかもしれない、と思った。患者がどのくらいの病状なのか、今後望めることと望めないこと、それを明確にして伝える必要があるだろう。

「今度、大変だけれど、受け止めていただかないといけないことはある。詳しい話を担当医からお伝えしますね」

「担当医って、あの若い医者でしょ？　あの人もなんか頼りないわよね」

ふーっとため息を吐いて「私ちょっと売店行ってきます」と娘さんは出ていった。私は「お気を付けて」と見送る。笹山さんは、申し訳なさそうな顔でうつむいている。

「笹山さん、お鼻のテープ交換しましょうか」

私の言葉に、笹山さんはゆっくり顔をあげた。経管栄養のチューブは、医療用テープで鼻に固定されている。しっかり固定されていないと抜けてきてしまうことがあるから危険だ。ただ、一日中テープが貼られていると、皮膚にトラブルを起こすこともある。特に高齢者は粘着力の低いテープを使っていても、かぶれたり表皮がはがれたりすることがあるから注意が必要だ。皮膚の様子を観察しながら、毎日交換しなければならない。丁寧に剝がして、新しいテープを貼り直す。

そこへ娘さんが戻ってきた。

「はあ、ここの病院は売店もしけてるわね」

何にでも文句が言いたいらしい。

「……やああうん、いういえ、おいい」

笹山さんが娘さんのほうを見て言った。

「え、何？」

「やああうん、いういえ、おいい」

笹山さんはまた同じことを言って、車椅子にもたれかかった。

「ああ……またそれ」

そう言って、娘さんは私を見る。

「なんか、母がよくこう言うんですけど、何を言っているのかわからないんですよ。あのリハビリの人にも伝わらないみたいだし……」

私にも、何が言いたいのかわからなかった。

「そうなんですね。私にもちょっと聞き取れなかったですけど……もう少しリハビリが進んだら、わかるかもしれませんね」

私の言葉に、娘さんは「さあ、どうでしょうね」と言って売店で買ってきた缶コーヒーを開けた。私は、聞こえないように小さくため息をつく。

「では、笹山さん、ベッドにお戻りのときは呼んでくださいね」

そう言って部屋を出ようとしたとき、ふと窓のほうを見ると、若い男性が立っていて驚いた。二十代前半くらいの、かわいらしい顔をした男性だ。鮮やかな青いダウンを着て、ポケットに手をつっこんでいる。何か警戒するような表情で、不安そうだ。そしてうっすら透けている。ああ、笹山さんの「思い残し」か。

誰だろう……と思ったけれど、私は何もしないでおこうと決めた。積極的に「思い残し」に関わろうとして、またミスをしたら危ないし、それよりも目の前の患者を優先する。それが正しいことだ、と自分に言い聞かせ、ナースステーションへ戻った。

お昼の経管栄養を準備する時間になって、笹山さんはまだ車椅子に座っているのかな、と個室を訪ねる。いつもなら、疲労を訴える頃だし、そろそろベッドで休んだほうがいい。すると、笹山さんはもうベッドに横になっていた。シーツがぐしゃっと乱れている。

まさか、と思いながら聞く。

「笹山さん、ベッドにお戻りになったんですか？」

娘さんが椅子に座りながらチラと私を見上げる。

「私が戻しました」

娘さんはぼそっと言った。やっぱり……！

勝手なことはやめてくれ！　と言いたいところをぐっとこらえて、マイルドな表現を探す。

「笹山さんは、お体に麻痺があります。年齢的にも、万が一転んでしまったら骨折してしまう可能性もありますし、頭を打ったりしたら危険です。次からは必ず看護師をお呼びください」

娘さんは面倒くさそうに首をかしげる。

「はいはい。わかりました。でも、母はずっと一人暮らしだったんですよ？　なんでも自分でできた人なんだから、ベッドに戻るくらい私がちょっと手を貸せばできますって」

頭を抱えそうになった。患者の病状を正しく理解できないご家族はときどきいらっしゃる。難しい医療や疾患のことを全て理解してほしいと思っているわけではない。でも、患者にやっていいこととやってはいけない危険なことは、どうか言われた通りに守ってほしい。

笹山さんは、麻痺があって自分では立つこともできない。そして、自分で立てない脱力している大人を支えるというのは想像以上に大変だ。たまたま今日はうまくベッドに移乗できたかもしれないが、バランスを崩せば娘さんと一緒に転倒してしまう。笹山さんは、そうなったとき、自分で踏ん張ることも、どこかにつかまることも、受け身をとることもできないのだ。棒立ちのまま、硬い床に叩きつけられる。骨折の危険もあるし、頭を打てば骨折じゃ済まないかもしれない。恐ろしい想像を振り払って、引き継ぎのときに看護師で共有しておかなければ、と思った。

横になっている笹山さんが小さく頭を下げた。自分の病気を後ろめたく思っているのだろうか。娘さんに強く言えない様子だ。

医療はチームだ。患者とご家族と、医者、看護師、介護士、ヘルパー、ソーシャルワーカー、STなどのリハビリテーション部門、地域医療、役所、福祉……みんなで患者の治療や回復、安全安楽という目標に向かって手を取り合って進むのだ。どこか一つでも欠けてしまうと、チームが乱れてしまう。特にご家族は患者に直近の大事なチームメイトだ。笹山さんのご家族のようなタイプは、本当に困るご家族の典型だ。

「卯月さん、飲みに行きませんか～？」

山吹が更衣室で声をかけてきた。

「あ、いいよ。なんかご機嫌じゃん。どうしたの？」

「来月の勉強会の資料作り終わったんで、自分にお疲れ様会です」

「ああ、それはお疲れ」

大きな病院の看護師は、病棟勤務の仕事以外にも、他病棟の看護師と合同で勉強会などを行うことがある。山吹はまだ二年目の若手だから、勉強会の資料を作ることで本人に学ばせよう、という先輩たちの考えなのだろう。

「何の勉強会なの？」

「廃用(はいよう)性症候群とその予防、です！」

「ああ、大事よねえ」

廃用性症候群とは、長期間の安静状態や運動量の減少によって、心身のさまざまな機能が衰え、低下してしまうことを指す。筋肉が痩せてしまうことや、寝ている姿勢のまま関節が固まってしまうこと、内臓の動きが悪くなること、骨がもろくなることなど、実にさまざまな症状がでる。長期療養型病棟はもちろん、術後の安静など、急性期の病棟でも問題になる症候群だ。

「卯月さんも、今日はお疲れだと思うんで飲みましょう」

山吹にも、笹山さんのご家族のことは話してある。

「ありがとう。たしかに、疲れたわ」

顔を見合わせて苦笑する。

着替えを終えて、山吹と一緒に駅方面へ向かう。さすがに年末が近くなると、気温が低い。去年買った黒いダウンに首を埋める。山吹は、茶色いモコモコのファーコートのポケットに手をつっこんで「さみい～」とピョンピョン跳ねた。

平日の居酒屋は空いている。

「今日、津国さん来てましたね」

何杯目かのレモンサワーを飲みながら山吹が嬉しそうに言う。

「え？　山吹も津国さん、好きなタイプなの？」

「かっこいいじゃないですか」

「そーお？」

私はフライドポテトをつまみながら答える。指先にあかぎれができていて、塩がしみる。

「私、ああいう、ちょっとサーファーっぽい人、好きなんですよ」

「ああ、たしかにサーファーっぽい」

「ですよね？　本当にサーフィンやるのかなあ？」

「さあ～。遊んでるって噂聞くから、気を付けてね」

「津国さんになら遊ばれてもいいです～」

私は肩をすくめ、薄まったハイボールを飲む。後輩と楽しくお酒が飲めるのは良いことだ。健全だ、と自分で思う。

「ねえ、山吹。『やああうん、いういえ、おいい』って、何て聞こえる？」

「え、なんですか？」

「やああうん、いういえ、おいい」

「んー……柔らかく、キスして、ほしい？」

「はあ？　なんでそうなるの」

ヘラヘラしながら山吹は「わかりません～」と笑った。

「で、なんなんですか、それ。呪文みたいですけど」

「ああ、個室のSさんなんだけど、何か言いたいことがあるみたいなんだよね。でも、うまく発音できなくて聞き取れないの」

「ああ、あの娘さんの、お母さん」

山吹が苦笑する。

「『やああうん、いういえ、おいい』ですか？」

「そう。そんな風に聞こえるの」

山吹はテーブルに肘をついて「うーん」と言った。

「母音は当たっているんでしょうね。やああうん、いういえ、おいい……屋形船、死守して、ほしい？」

「大喜利じゃないんだから。てか、屋形船死守って何？」

私は思わず笑ってしまう。

「じゃあ〜、ヤガラくん、ミスして、阻止？」

「ヤガラくんって何？」

「そんな魚いませんでしたっけ？」

「わかんない。よく思いつくね」

「アルコールで頭の回転が良くなるタイプです〜」

意味のわからないことを言って、山吹はまたレモンサワーを飲む。

「最後〇〇してほしい、だったら、やっぱり何かしてほしいことがあるのかなあ」

笹山さんは、何かしてほしいことがあるのだろうか。五十音の表を作って、順に指していく方法もあるから、試してみてもいいかな、と考えつく。笹山さんが、あの娘さんの態度をどう思っているのかも気になる。傷ついていないといいな、と思う。

「やっぱり、キスしてほしい、じゃないですかぁ？」

「バカねえ」

酔っぱらっている山吹に水を勧め、私は会計のために店員を呼んだ。

翌日は、冬らしい突き抜けるような快晴だった。頭痛や胃腸の不調はなく、二日酔いは大丈夫そうだ。私は、歩行障害のある患者の排泄（はいせつ）援助を終えて、ナースステーションに戻って、手を洗う。水道の前に「衛生的な手洗い」というイラストが貼ってある。何気なくそれを眺めながら、ハンドソープをつけて手首や指先までしっかりこすり洗いをする。

看護師は、仕事中に手を洗うことがとても多い。基本的には「一行為、一手洗い」と言われていて「一つの行為をするたびに一回手を洗う」という意味だ。でも、わざわざ一回ずつ手を洗う時間はないから、病室の入り口にアルコール消毒液が置いてある。流水で手を洗う代わりに、消毒をするのだ。ミニボトルに入れたアルコール消毒液を腰から下げている看護師もけっこういる。

冬は、特に手荒れがひどくなる。だから看護師たちはナースステーションに戻ってから、ハンドクリームをつける。ナースステーションへの私物の持ち込みは禁止されているが、ハンドクリームだけは暗黙の了解で許可されていて、円卓の中央や処置台の端にぽつんと置かれている。そうでもしないと、手荒れがあかぎれになり、どんどん悪化してしまう。

手をペーパータオルで拭いてからハンドクリームを塗る。まだこれが許される科で良かった、と思う。千波（ちなみ）は血液内科に勤務していたのだけれど、勤務中のハンドクリームは禁止だと言っていた。血液内科は、白血病や骨肉腫など血液の癌の人が入院する科だ。患者のほとんどは免疫が著しく低下している。普通なら何の害もないような細菌が原因で患者が命を落とすこともある。ハンドクリームを塗ると、そのべたつきに細菌がくっついてしまうから、看護師の手を経由して患者へ感染させる危険性があるのだ。だから、ハンドクリームは禁止。それでいて、ささくれなどの傷を作るのも厳禁だった。そういった傷には細菌が住み着くことがある。同じように、その傷から細菌が患者へ感染したら危険だからだ。

「ハンドクリーム禁止で、手荒れもダメって、どうすればいいのよねえ」と言いながら、寝るときにハンドクリームをたっぷり塗って手袋をして就寝していた千波を思い出す。その手袋は、眠りにつくとすぐに、脱ぎ捨てられていた。ハンドクリームを塗るたび、千波の寝顔を思い出す。

「……卯月さん、ナプキン持ってますか?」

山吹のコソッと話しかけてくる声で千波の寝顔から我に返る。

「ん、ナプキン?」

「はい」

朝から二日酔いで体調が悪い、と言っていたが、生理でもあったのか。

「予備が休憩室にあるよ。顔色悪いけど、大丈夫?」

　ここそこと話しながら一緒に休憩室へ行って、私は予備に持っていたナプキンを渡した。

「すいません。ありがとうございます」

「お腹痛いの？　大丈夫？」

「お腹……痛いです。先月、夜専だったんですよ。だから、ズレるかなとは思っていたんですけど、予想より早く来ました」

　夜専とは、一ヵ月丸々夜勤をすることだ。夜勤手当によってお給料は普段より五万円くらい多くもらえるが、やっぱり体はきつい。

「漏れてません？」

　山吹が私に背中を見せて、自分でお尻をのぞこうとしている。私は山吹のズボンをチェックしてあげる。

「大丈夫。汚れてないよ」

　生理中、どんなに出血の多い日でも、看護師は白衣を着て仕事をしている。下にスパッツを重ねて穿くなど、みんな工夫はしているけれど、たまに汚してしまうこともある。少しでも汚れてしまったら、更衣室まで行って予備の白衣に着替えなければならない。女性の多い職場なのに、女性に優しくないことも多い。

「すいません。ロキソニン飲んでから戻ります」

山吹がバッグを開けたとき、その中からブブッとスマートフォンの音がした。山吹がハッとした顔をする。休憩室にいるとはいえ、今は勤務時間中だ。スマートフォンを確認するか迷っているようだ。いつもなら山吹も勤務時間中の着信は普通に無視している。でも、今日は何か気にしているようだった。

「どうしたの？」

「あの……うち、実家でおばあちゃんが在宅介護で過ごしているんですけど、昨日から熱発しているらしくて」

山吹の祖母はリウマチがあって、母親が自宅で介護しながら過ごしていると聞いたことがあった。

「連絡、お母さんからなの？　山吹の部屋持ち見ておくから、確認しな」

「はい……」

山吹がスマートフォンを確認している。病棟からいつまでも二人同時に抜け出してしまっているわけにはいかないから、私は先に病棟へ戻った。

少しして、山吹が戻ってくる。

「すいませんでした」

「山吹の部屋持ち、特に変わりなさそうだったよ」

「ありがとうございます」

「おばあちゃん、大丈夫だった？」

「熱が下がらなくて、今日病院行ったら肺炎起こしてたみたいで、入院になったそうです」

高齢者は些細なことから肺炎を起こす。特に持病があるなら、心配になる気持ちはわかる。

「そっか。心配だね」

「はい」

「入院できたなら、もう治療できてるってことだから、あんまり心配しすぎないようにね。山吹も体調悪そうだから、無理しないで」

「ありがとうございます」

山吹は、口ではお礼を言いながらも、どこか上の空だった。実家で祖母の介護を見ていたから、いつか在宅看護の道へ進みたいといって長期療養型病棟を希望してきたのだ。おばあちゃんが大好きなのだろう。でも、どんなに家族のことが心配でも、自分の生理痛が重くても、そんなこと患者やご家族には関係ない。山吹も、痛み止めを飲んで、おばあちゃんへの心配はいったん横へ置いておいて、仕事をしなければならないのだ。

お昼休み、椅子の背にもたれておにぎりを食べながら、ホワイトボードに貼ってある勤務表を見る。もう年末だなあと思うけれど、実感はあまりない。病棟には、年末もお正月も関係ない。私は、大晦日と元日が日勤だ。夜勤の人は仕事をしながら年を越すのだ。仕事は変わらずにあるし、年末だからって患者が安定しているわけでもない。

でも、患者やご家族にとって年末やお正月が一つの節目になることはあるだろう。「お正月を家で過ごせるように頑張ろう」みたいな感じでリハビリの目標にすることもある。「あの人は年内もつでしょうか」とお別れの日を心配するご家族もいる。「忙しいお正月だからこそ家ではみられない。入院していてほしい」と望むご家族もいる。みんなさまざまな事情の中、看病しているのだ。

去年私は、病棟で年越しだったなと思い出す。大晦日にターミナルケア、つまり延命治療を望まない終末期の患者を看取った。年を越すのは難しいと言われていたし、ご家族にもそう伝えられていた。本人はほとんど意識がなかったが、ご家族に見守られながら亡くなった。お看取りを終えて、ご家族と一緒にエンゼルケアをして、全て終わって一息ついたときに、〇時を過ぎていたことに気付いたのだ。いつの間にか、年が明けていた。お看取りの直後だったから、「おめでとう」という気分でもなく、同僚と「明けましたね」「ほんとだ。明けたね」と言い合ったのを思い出す。

今年も大晦日と元旦は仕事だから、実家にはそのあとのどこかの休みで顔を出そうかな、と思う。

「卯月さん、点滴のダブルチェックお願いします」

休憩から戻るとすぐ、山吹から点滴のダブルチェックを頼まれた。どうやら、今つないである点滴の残量が少ないらしく、急いでいる様子だ。

「はーい」

私はさっと手を洗ってから、指示書に書かれた患者の名前と、点滴のボトル、注入する薬品のアンプルを見合わせる。シリンジで吸い出されている分量も確認をする。

「はい。点滴ダブルチェック、ＯＫです」

「ありがとうございます」

山吹は、顔色が少しマシになっていた。鎮痛剤が効いているのかもしれない。山吹は点滴のボトルに薬液を注入して、手にとった。そしてナースステーションを出ていく。私は何気なく点滴を運んでいく山吹を見ていた。すると、その点滴に書いてあった名前とは別の患者の部屋にふらっと山吹が入っていった。私は、ナースステーションを飛び出して廊下を走った。

山吹は、患者の腕についている患者識別バンドと呼ばれる番号の書いてあるリストバンドと点滴の番号を確認しているところだった。

「山吹！」

慌てて大きな声が出る。そこで、山吹も自分の間違いに気付いたらしかった。

「あっ……」

息を呑み、私をゆっくり振り返る。点滴投与の、患者間違いをするところだったのだ。

「や……やばかったです」

よく見ると、やっぱり顔色が悪かった。

心配なので、山吹と一緒に点滴に書いてある正しい患者の部屋へ行く。一緒に患者識別バンドを確認し、点滴を交換した。

「止めにきてくれてありがとうございました。あのまま気付かなかったら……と思うと、怖いです」

山吹は、ナースステーションに戻って落ち込んでいた。

「ちゃんと患者識別バンド確認していたんだから、最終投与前に自分で気付けたんだよ。それで良かったと思おう！　香坂(こうさか)師長、今日いないから、明日報告しよう」

「はい」

「生理痛だったし、おばあちゃんのこともあるし、ちょっと集中力が切れちゃってたんだね」

「……はい」

私は山吹をなるべく励ましたが、点滴の誤投与は医療事故の中でもかなり大きい事故だ。私は少し前に血糖値の測り忘れをしたが、結果的に「患者観察の強化」、インシデントレベル2で済んだ。もし点滴の間違いに途中で気付かずに患者間違いで誤投与した場合、インシデントではなくアクシデント、つまり患者に不利益を及ぼす事故になってしまう。投与する患者の疾患と病状、投与する薬によっては、最悪亡くなる場合もあったのだ。今回は事前に気付いたので、いわゆる「ヒヤリハット」で済んだが、もしそのまま投与していたらと思うと、私もぞっとする。

薬などの最終投与者は、ほとんどが看護師だ。指示は医者が出しているが、内服も、点滴も、最終的に患者に投与するのは看護師の手なのだ。そこで間違いがあれば、看護師の責任となる。決してアクシデントは許されない。自分の些細なミスが、取り返しのつかない事故につながるのだ。

山吹もそのことは充分にわかっているのだろう。だから、落ち込んでいる。恐怖している。自分のミス一つで誰かが死ぬかもしれない、という恐ろしさを、改めて実感しているのだろう。でも、自分を責めるのはあとだ。いくら落ち込んでいたって、今やらなければならない仕事がなくなるわけではない。次の点滴もあるし、内服投与もある。

「怖いからやりたくない」と今すぐ逃げることはできないのだ。

「とりあえず、今日の仕事に集中しよう。ね！」

私は山吹の背中に手を当てた。

「はい」

山吹の返事は小さく、いつも溌剌としているふっくらした頬も、しぼんで見えた。

日勤の終わり、笹山さんの部屋をのぞく。今日は娘さんはまだ来ていなかった。窓辺に「思い残し」である若い男性が立っている。気にしないようにしていても、やっぱり気になってしまう。あの人は、笹山さんとどんな関係なのだろう。不安そうにしているけれど、どこにいるのだろう。年齢的には、お孫さんだろうか。


久しぶりに雨が降っている。乾燥した日が続いていたから、空気が湿って、喉や鼻が潤う気がする。夜勤に来ると、山吹の「点滴の患者間違いヒヤリハット」の事故報告書ができあがっていた。当日やカンファレンスの場にいなかった看護師にもミスや事故が共有できるように、しばらくは引き継ぎのときに報告を受ける。

「お疲れ様です。よろしくお願いします」

一緒に夜勤に入る浅桜がくる。

「よろしくね」

浅桜は、本木が辞めてからしばらくは落ち込んでいたが、最近また元気に働いている。

気持ちを切り替えるのは大事なことだ。

山吹から引き継ぎを受ける。まだ落ち込んでいるように見えた。

「大丈夫？」

「……はい。二年目になって、新人のときみたいに先輩がいつもそばで見てくれているわけじゃないって、自覚していたはずなんですけど、油断しちゃったみたいです」

ミスしやすい状況が重なったのだろう。事故報告書を見たら、「自分の祖母の入院が心配だった」「生理痛があった」など、正直に書いてあった。こうやって自分をまっすぐ振り返って表出できるのは、山吹の強みだと思う。

「ちゃんと振り返りして、次から気を付けられればいいんだよ。カンファレンス、ちゃんとやってえらかったね」

私は山吹を慰める。カンファレンスでは厳しいことも言われたかもしれない。私は優しくしておこうと思った。

「そうだよ。山吹さんはちゃんとやっててえらいと思うよ。今回だって、患者識別バンドで気付けたんだから」

浅桜も言う。

「私の二年目より、ずっとしっかりしてるよ」

「ありがとうございます」

私と浅桜に励まされ、山吹は疲れたような顔で少しだけ微笑んだ。

夜勤の見回りをしながら、夕方の検温を行う。熱を測り、血圧を測り、酸素飽和度を測る。最初の見回りで患者の変化がないかどうか、まずは観察しなければならない。

大きな変化のある患者はおらず、とりあえずは落ち着いている。そのことに少し安心しながら、夕食の準備を始める。まず、私は自分の起こしたミスの対策のために、いらない紙の裏に大きくマジックで「血糖値測定！」と書いて経管栄養のボトルに貼った。食直前に測定するのを忘れてはいけない。食事を口から食べられる人には食堂から配膳がくる。その前に、食前薬の準備と、食後薬の準備を行う。バタバタとしているうちに、何人か面会者が来た。仕事のあとに来ることが多いから、平日は夜勤の時間に面会に来るご家族が多い。

面会にいらしたご家族に椅子を渡してまわり、食事の配膳を受け取りに行こうと歩いているときだった。個室で、笹山さんの娘さんが面会しているのが見えた。その光景に驚いて、私は大きな声を出してそのまま笹山さんの部屋に入った。

「何しているんですか！」

笹山さんの娘さんは、笹山さんにお赤飯のおにぎりを食べさせようとしていた。笹山さんは、少し困惑したような表情だ。

「何って、夕食の時間でしょ？」

「やめてください。笹山さんはまだ、口から食べられません！」

強い口調になってしまった。今の笹山さんにおにぎりなんて、しかもお赤飯なんてモチモチしたものを食べさせたら、窒息の危険がどれほど高いか。

「あなたね、いつも偉そうに注意ばっかりしてくるけど、なんなの。母のことは家族で決めさせてください」

それなら退院してください、と喉元まで出かかる。

「窒息の危険があります。やめてください」

「うるさいなあ。あなたじゃ話にならないわ。上の人呼んで」

娘さんは、イライラした様子で言った。私は、その場でナースコールを押す。私がここから離れたら、またお赤飯を食べさせようとするに決まっている。見張っていなければ危ない。

【はい。どうされました～】

ナースコールから返事がくる。

「卯月です。御子柴主任はまだいますか？」

【いますよ】

「笹山さんのお部屋に来てもらってください」

笹山さんの娘さんは、看護師の間でもう要注意人物とされている。ナースコールをとった看護師にも、何かあったらしいということが伝わったようだった。

【伝えます】

ナースコールが切られて、すぐに御子柴主任が来た。

「失礼します」と言いながら部屋に入ってきた御子柴さんは、何が起こっているのかすぐにわかったようだった。ベッドに座った状態で、首の襟元にタオルを当てられてよだれかけみたいになっている笹山さん。おにぎり片手の娘さん。横に立つ私。

「あなた、この子より偉い人？」

娘さんが御子柴さんに言う。

「主任の御子柴と申します」

「母は、お赤飯に目がないんです。少しくらい食べても大丈夫ですよねえ？」

娘さんは、当然のように言った。

「ダメに決まっているでしょう！」

突然の大きな声に私はびっくりした。御子柴主任の声だと、すぐにはわからないほどだった。怒鳴られた娘さんも、びっくりしている。笹山さんも、ベッドの上で目を見開いている。

「あなたのお母さまは、現在飲み込みの機能が低下していらっしゃいます。今、大好きなお赤飯を口に入れたら、今後一生食べられなくなる可能性があるんですよ。どうしてそのことがわからないんですか！」

主任は、娘さんの手から、おにぎりを取り上げた。

「そ、そんな大げさなこと言って、少しくらい……」

「治療の方針に従っていただけないのであれば、担当医と相談して、ご退院していただくことになります」

主任はきっぱりと言った。

「そ、そんな！　退院なんて、すぐに家で見られるわけないじゃない！」

「それでしたら、最低限、私たちが危険だとお伝えすることは、やめてください。ご家族のご協力が大切なんです」

娘さんは、まるで別人みたいにしゅんとした。こんなに怒られるとは思っていなかったのかもしれない。

「だって……母は、昔から自分でなんでもできちゃう人なんですよ。膝の関節の病気がわかったときだって、こんなのへっちゃらだって言って、一人暮らしして。そのくらい強い人なんです」

娘さんは、弱々しい口調で言った。

「それなのに、突然しゃべれなくなって、動けなくなって、口から物も食べられないなんて……どうやって信じればいいんですか。母が寝たきりだなんて、どうやって受け入れればいいんですか」

娘さんは、ぼろぼろと泣き出した。

「あなたの中のお母さまは、とてもしっかりなさった、お強い方なんですね」

主任は、うってかわって優しい口調で娘さんをなだめる。

「ご病気で今はできないことも、笹山さんは少しずつリハビリで取り戻そうとしていらっしゃいます。強い心を持ったお母さまの内面は、何も変わっていません。でも、ご病気になってしまった状態が、今のありのままのお母さまです。食べ物を飲み込めないことも、今のお姿としてちゃんと見てあげることが大切ではありませんか？」

主任の言葉に「すいませんでした」と言いながら、娘さんはまた涙を流した。笹山さんは優しい顔で娘さんを見ている。

「あなたも……なんか……ごめんなさいね。私が悪かったわ」

娘さんは、泣いた顔を見られたのが気まずかったのか、私には少しぶっきらぼうに言った。私は「いえ……」と言って首を振る。患者の急な病気や障害を受け入れられないご家族はけっこういる。笹山さんの娘さんも、何でもできたかつての母親像を塗り替えるのに、時間がかかるのだろう。

「じゃあ、よろしくお願いしますね」

御子柴さんはまるで何事もなかったかのように、いつもの穏やかな口調で私に言うと、おにぎりを持ったままナースステーションへ戻っていった。主任は、いざというとき非常に頼もしい、と改めて思った。ただ怒るだけでなく、娘さんの本音を引き出して、受容の手助けをした。なかなか真似できることではない。

「お母さん、ごめんね、私……」

娘さんは、笹山さんの襟元につけたタオルをはずし、肩のあたりに顔をうずめて泣いた。笹山さんは、動きにくい腕でそっと娘さんの背中を撫でた。私は、静かに部屋から出た。

面会から帰るとき、笹山さんの娘さんは改めて私に謝ってきた。

「本当にすいませんでした」

「いいえ、大丈夫ですよ。ご家族さまも大変かと思いますので、お体ご無理なさらないように気を付けてくださいね」

「ありがとうございます」

娘さんは、さっきより穏やかに言った。家族の病気や障害の受容は、本当に困難だ。今は受け入れた気持ちでいる娘さんも、また「どうしてお母さんが！」という気持ちがぶり返すこともあるだろう。そのあとに「でも、この状態が今の姿なんだ。支えよう」という気持ちにまた落ち着いたりする。そうやって繰り返しながら少しずつ受け入れていくのだろう。看護の対象には、ご家族も含まれる。これからも娘さんが笹山さんと一緒に穏やかな時間が過ごせるように、しっかり関わっていかなければいけない、と思った。

年末らしいからっと晴れた日が続いている。午後のバイタル測定を終えてナースステーションへ戻ると、笹山さんの娘さんが面会に来た。

「あの、これ娘に使っていたものなんですけど、母に使ってもいいですか？」

そう言って取り出したのは、子供がひらがなを覚えるときに使う、五十音表だった。ピンク色で、ウサギや猫などの動物がたくさん描かれたかわいいものだ。

「母は、『あー』とか『うー』とかの音は出せるので、これを使えば会話ができるんじゃないかと思って」

私も考えていたことだった。笹山さんはSTのリハビリも頑張っているが、まだまだ伝えたいことを言葉にするのは難しい。五十音表を指しながら何を言っているか確認できれば、疎通がとれる。

「すごくいいと思います！　ぜひそれで笹山さんと会話してさしあげてください。私たちも使わせていただいていいですか？」

娘さんは、少しはにかむように笑った。

「はい。母の部屋に置いていくので、看護師さんたちも良ければ使ってください」

そう言って、娘さんは笹山さんの部屋へ向かっていった。

廊下から個室をのぞくと、笹山さんの部屋で娘さんが五十音表を指さしながら笹山さんと会話している。

「これ？　これ？　『さ』ね？　次は？」

試行錯誤しながらも笹山さんとの会話を楽しんでいるように見えた。笹山さんも、以前より表情が明るい。

「若い男性だったよ。あの人が『山田（やまだ）くん』なの？」

「うん。やああうん」

若い男性、山田くん、そして、笹山さんの声で「やああうん」。そう聞こえた。それは、笹山さんがSTを始めた頃から口にしていた言葉だった。「やああうん」とは「山田くん」のことだったのか。そして山田くんは若い男性……もしかして「思い残し」の男性か。窓辺を見ると、うっすら透けた若い男性はまだそこにいた。私は自分から積極的に「思い残し」に関わるのはやめよう、と決めていた。だから気にしないように気を付けていたのだけれど、もしかしたら今話に出てきた男性が笹山さんの「思い残し」なのだろうか。

「え！　そうなの？　それで？」

笹山さんと娘さんは、会話を楽しんでいるように見えた。娘さんは娘さんなりに、病気になった母親と向き合う覚悟ができたのだろう。

「笹山さんの娘さん、ずいぶん変わりましたね」

ナースステーションに戻ると、山吹が小声で話しかけてくる。もう元気になったようで、いつもの明るい山吹に戻っている。

「うん。少しずつ受容していくんだろうね。家族の病気って、大変だもんね。そうだ、山吹のおばあちゃんは、大丈夫なの？」

肺炎で入院していると言っていた。

「はい。ご心配をおかけしました。無事に退院しました」

「そっか。良かったね」

「この前の休みに久しぶりに実家に行って、おばあちゃんに会ってきました」

「おばあちゃん、喜んだんじゃない？」

「はい。逆に、私の一人暮らしを心配されました」

家族を心配する気持ちは、ときに自分のことより大きな不安になることがある。特に年老いていく家族を見守る不安は、大きいだろう。

「おばあちゃんを心配させないように、私も仕事頑張ります」

山吹は嬉しそうに笑った。

外来が休みで、処置や検査などがない日曜日の病棟は、平日と比べると和やかだ。看護師たちも、心なしか少しのんびりしている。お昼頃から、笹山さんの娘さんが面会に来ている。

「失礼します。経管栄養の時間です」

私が入っていくと、娘さんが振り向いた。

「よろしくお願いします」

娘さんは五十音表を使って笹山さんと会話を続けていた。私は、二人を邪魔しないように「ちょっと失礼しますね」と言って、笹山さんの腹部に聴診器を当てる。経管栄養のチューブからシリンジで少しだけ空気を入れる。聴診器からボコッというような空気の音が聞こえ、チューブがちゃんと胃に入っていることを確認する。経管栄養のボトルにチューブをつないで、ゆっくり栄養剤を滴下する。

「うん、金曜日に警察に行ってきたよ。うん、素直だった」

警察、と聞こえて、私は何だろう、と思う。

「お母さんが言うからその通りにしたけど、本当に良かったの？」

娘さんが何か笹山さんに確認している。笹山さんは、何度もうなずいている。

「でも、まさか山田くんがねえ……」

娘さんが腕を組んで、ゆっくり首を振っている。

「何かあったんですか？」

私は思わず声をかける。娘さんは「それが……」と話し出した。

「荷物を取りに行かないといけなくて、この前の休みに埼玉の母の家に行ったんです。そしたら、玄関に貼り紙があって。【どうしているか心配しています。連絡ください。山田】って書いてあったんです。それで、携帯電話の番号が書かれていて。山田なんて、私は知り合いにいないし、母のお友達かなと思って、電話したんですよ。そしたら、すごい若い感じの男性が出て」

若い男性と聞いて、笹山さんの「思い残し」を思い出した。

「母は入院していますって伝えたら、その男の人、電話口ですごい泣き出しちゃって。ごめんなさい、ごめんなさい、って。私どうしたらいいかわからなくて、それで病院に戻ってから母に確認したんです、山田って誰？　って」

笹山さんはそこで「やあうん」と言った。

「そしたら、母はオレオレ詐欺に遭っていたんですって」

「ええ！」

思わず声が出てしまった。

「ねえ、驚きますよね！　私もびっくりしちゃって。本当なの？　って、五十音表使って、何回も確認しちゃいましたよ。警察に相談しよう！　って言ったら、母が、山田くんに自首を勧めてくれって。もうそんなのあります？　ほんと、母ったら昔からお人よしなんですよ。……まあ、そこがいいところなんですけどね」

娘さんは、少し呆れたように笑った。

笹山さんが「やああうん、いういえ、おいあった」と言った。山田くん、自首して、ほしかった。ということか。前から言っていた言葉「やああうん、いういえ、おいい」は、「山田くん、自首して、ほしい」だったのか。

「それで、どうしたんですか？」

「その、山田って人と会って話を聞いたら本当に詐欺をしていたらしくって。でも、本人は詐欺だって知らなくて、友達に高額バイトだって言われて手伝っちゃったんですって。あとになって詐欺だったって知ってすごく後悔したらしいんです。でももうお金は取り戻せないし、どうしようもなくて、罪滅ぼしのつもりで、母の庭仕事とか手伝うようになっていたんですって。母のこと見ていたら、自分のおばあちゃんのことを思い出したとか言って」

だから「思い残し」は不安そうにしていたのか。そうとは知らずに詐欺の片棒を担いでしまい、罪悪感にさいなまれていた。それをどうにかしたくて、笹山さんの身の回りのことを手伝っていた。いつ犯罪が露見するか、不安で仕方なかったのだろう。

「母は、途中から詐欺だったんじゃないかって気付いていたみたいで。でも、とられたお金は十数万円だったそうで、大した額じゃないし、それよりも山田くんに更生してほしい気持ちが強かったみたい」

「それで、その山田くんは警察に？」

「はい。母が自首を勧めているって言ったら、素直に警察へ行きました。まだ十代だったみたいです。あんな若い子が知らずに詐欺に加担しちゃうなんて、かわいそうだわって私も思っちゃいました」

「そんなことがあったんですね、大変でしたね」

「まあね。でも、母のこと本当に心配していてくれたのは伝わったし、悪い子じゃないみたいだったから、詐欺なんてしないで真面目に働いてほしいなって思いました」

娘さんの言葉に、笹山さんは満足そうに笑った。

仕事の終わり、笹山さんの個室をのぞくと、窓辺に男性の姿はなかった。

目の前にいる笹山さんと、そのご家族に真正面からちゃんと向き合い、看護を提供する。私がやらなければならないことは、それだ。「思い残し」は、やっぱり私が過剰に寄り添おうとしていた執着だったのかもしれない。私が看護に集中していれば、いつの間にか「思い残し」は解消される――それが、本来の健全な状態なのではないだろうか。

「卯月さん、駅前に新しくラーメン屋できたの知ってます？」

山吹が更衣室で話しかけてくる。

「え、知らない。駅のどこ？」

「前、透子さんたちと飲んだじゃないですか。あの居酒屋のすぐ近くです。口コミいいんですよ」

外はきっと寒いだろう。お腹が熱いラーメンを欲した。

「行こう。ラーメン食べたい」

「ですよねぇ！　濃厚なとんこつラーメンらしいです」

「いいね〜」

手早く着替えて、私たちは病院を出た。

冷たい空気に鼻が痛くなる。駅には、アットホームな雰囲気のイルミネーションが飾られていた。派手すぎず、でも見れば心が弾むような、長田駅らしいイルミネーションだと思った。山吹はぐるぐると巻き付けたマフラーに顔を半分くらい埋めている。新しくできたラーメン屋は少し混んでいた。

「え、じゃあオレオレ詐欺に遭っていたってことですか？」

ラーメンにふーふーと息をかけながら山吹が言う。ふっくらした頬は少し紅潮している。

「そう。Sさんは気付いていたみたいなんだけど、甲斐甲斐しく身の回りのことをやってくれる青年に、更生してほしいと思ったんだって。だから、警察に突き出すんじゃなくて、自首を勧めたかった」

「優しいですね。その男の人、きっと自分のおばあちゃん大好きだったんでしょうね。悪いことしちゃったけど、自分のおばあちゃんを思い出して胸が痛んで、きっと罪悪感でいっぱいだったんでしょうね。だから、なんとか自分の罪を取り返そうとした」

そうだ。本名かわからないけど、山田くんの気持ちは笹山さんに通じていた。そして、笹山さんの娘さんは、母親の気持ちを尊重した。山吹も自分のおばあちゃんが大好きだと言っていたから、山田くんの気持ちをなんとなく想像できるのかもしれない。

詐欺は犯罪だ。それは当たり前の事実だ。でも、心から反省して悔い改めるなら、まっとうな道に戻ることはできるのではないかと思う。組織犯罪を抜け出すのは難しいと聞く。でも、少なくとも、笹山さんの娘さんに自分の罪を告白して、ちゃんと自首できた山田くんなら、きっと苦難の道も越えていくだろう。淡い期待であっても、そういうことを信じられる日があってもいいんじゃないかな、と思う。

「ちゃんと反省、できるといいよね」

私の言葉に山吹がうなずく。私は、麺をずずずっと啜る。寒い日に食べる熱々のとんこつラーメンは、濃厚で体中に沁みた。

6　病めるときも健やかなるときも

　窓の外に桜の花びらが数枚舞った。個室の窓からも、通りの桜並木がよく見える。ベッドにいる風岡（かざおか）さんは、痛み止めが効いているようで、穏やかな顔をしている。

「桜、咲き始めましたね」

　私の言葉に少し体を起こして窓から外をのぞく。風岡さんは四十五歳だけれど、もう少し老けて見える。それは、病気による苦痛が陰りをもたらしているからだろう。でも、表情には少女のようなあどけなさもあった。それが、本来のこの人らしさなのかもしれない。

「本当だ。きれい。今年も桜が見られるとは思っていなかったから嬉しい」

　静かな声だ。

　今年は桜の開花が早いらしい。だから、こうして一緒に桜を見ることができた。風岡さんに残された時間は、そのくらい短い。

風岡葵さんは、乳癌の末期だ。もうどの治療も有効ではない。骨転移をしており、痛み止めがないとじっとしていても痛みが全身を襲う。肝臓や肺などの内臓にも転移があり、化学療法は副作用が強すぎて続けられなかった。今は、痛み止めを使いながら、残された時間を過ごす時期に入っている。脳への転移はまだないらしく、意識はあるし、意思の疎通もとれる。でも、ひどく痩せて、食欲もない。それでも、桜を眺めて微笑むことはできる。

風岡さんの足元にはうっすら透けた女性がいる。この病棟に転院してきたときから、ずっといる。私はその「思い残し」が誰なのか、どこで何をしているのか、もう知っている。でも、どうしたら「思い残し」が消えるのかは、知らない。

「葵、気分どーお？」

速水さんが個室に入ってきた。春もののトレンチコートを着て、ヒールを鳴らして歩いてくる。この女性こそが、足元にいる風岡さんの「思い残し」の人だ。

速水さんは、風岡さんともう二十年も一緒に暮らしてきた一番仲の良い友人であり、パートナーだそうだ。風岡さんより少し年下だと言っていた。若々しくて、仕事のできそうな健康的な女性だ。

転院の手続きのとき、速水さんが全ての手続きを行った。風岡さんの両親はもう亡くなっていて、「家族はパートナーの速水だけです」と言った。同性のパートナー。私は千波（ちなみ）のことを思い出し、少し胸が痛くなった。堂々とパートナーだと紹介できることに、羨望を感じた。素敵だな、と素直に思った。

私と千波の場合と違って、二人はもうお互いの気持ちを確認し合っている。それならどうして「思い残し」になっているのだろう。わからないけれど、あまり積極的に解消に動くのはやめようと決めていた。「思い残し」の解消よりも目の前の患者の看護を優先すること。インシデントを起こしたとき以来、私はそう自分に言い聞かせるようにしている。

「葵、下で桜の写真撮ってきたよ」

速水さんが風岡さんにスマートフォンの写真を見せている。

「何かありましたらナースコールしてくださいね」

声をかけて、私は個室を出た。

家に帰って、久しぶりに自炊をする。千波と使っていた二人用の小さな土鍋に豚肉と野菜を入れて煮る。具材に火が通ったら、粉末の出汁を入れてみそを溶く。簡単なみそ味の鍋だ。豆板醤（とうばんじゃん）を少し入れると美味しい。

そろそろ病棟では年度末の面談をする時期だ。異動がある人はもっと前から決まっているが、このまま同じ病棟で働く場合、次の年度の目標をどう定めていくか、師長や主任と面談をして決めていく。私は異動にはならなかった。引き続きここで働きたいと思っていたから良かったけれど、六年目でやりたいことを、自分で明確にしておかなければならない。

年度末は、環境の変化の予感から、不安な気持ちになる人が多いと言われている。救急と精神科は、春が一番忙しいと聞いたことがある。患者も看護師も、同じかもしれない。みんな、そわそわするのだ。春の、生命が息吹く生暖かい陽気に、そわそわさせられる。その気持ちはとてもわかる、と思いながら鍋の汁を啜る。辛いけど、美味しい。春は、世界が生き生きとしすぎている。新緑が美しくて、生命力に満ちている。そのエネルギーにあてられる。

「なんとなくわかるよね～」と写真の千波に話しかける。私、六年目以降、どうしていこうかね。

五年目、六年目は、看護師にとって今後の選択をせまられる年数だ。プリセプターを終えて、仕事は一人前になって、中堅からベテランになっていく年。新人が入ってくることを考えると、いつまでも同じ科にそのままはいられない。産休や育休、病欠や急な退職で看護師の人数が足りない科はいくつもある。その科への異動を上から言われれば、異動するのが基本だ。もし同じ科に残りたいなら、その科でやりたいことを強く持っておく必要がある。

管理職になる、という道もある。病院指定の主任試験を受けて、御子柴さんのように主任になって、通常の病棟勤務以外の仕事もする。主任になれば、勤務表を作るような事務的な仕事もしなければならないし、病棟看護師をまとめる立場にもなる。教育的立場になるということだ。入退院の際のベッド調整――誰と誰を大部屋にして、個室を誰に当てて、などの調整も仕事だ。このベッド調整というのが、実はとても難しい。まず、大部屋は生物学的な男女で部屋が分けられているが、当然男女同じ比率で入院してくるわけではない。でも、四人部屋のうち一人だけ男性で残りの三人は女性、という部屋は作れない。個室は、病状に関係なく個室料金がかかるから、経済的な問題も出てくる。患者同士の相性もある。長期療養型病棟では少ないが、いびきや生活音でトラブルを起こす入院患者はけっこういる。「あの人と同じ部屋は嫌だ」などというクレームもある。そういった管理を行う役割が、主任にはある。

管理職でなくても、専門看護師や認定看護師の資格をとる、という道もある。特定の分野のスペシャリストになる道だ。専門看護師は、がん看護、精神看護、地域看護、など十四の分野に分かれており、大学院にいって学び直し、試験を受けなければならない。仕事内容には教育や研究も含まれる。認定看護師は、より現場の実践に向いた資格で、クリティカルケア、緩和ケア、在宅ケアなど、十九の分野に分かれており、決まった教育課程をクリアする必要がある。

私は、それらのどの道に進むのか、考える年数になったのだ。

くたくたに煮込まれたキャベツを噛みながら考える。

治る可能性が高い患者に対して医療ができることはたくさんある。でも、完治の見込みがなく、残された時間が少ない患者にだからこそ、寄り添うこともできる。私は「思い残し」が視える、という不思議な力のせいで、死期の迫った患者に過剰に心を配ってきてしまったのかもしれない。でも、その経験も悪かったわけではない。患者さんそれぞれに色々な事情があると分かったし、想像力を働かせて少しでも良い看護をできるように頑張ってきた。やっぱりこのまま長期療養型病棟で働きたい。

正直、管理職になることは、あまりそそられなかった。管理職ならではのやりがいはあるのだろうけれど、事務的な仕事をするよりは、ベッドサイドにいて積極的に患者に関わっていたい。自分に勤まるかどうか、という心配もある。御子柴主任を思い浮かべる。あんな風に、優しさと頼りがいを備えるのは難しそうだ。

そうなると、専門看護師か認定看護師の資格をとる方向が良いのだろうか。自分がやりがいを感じている科を極める。それが、六年目の課題になりそうだ。

窓からの光が暖かくて、談話室がふんわりと明るい。この病棟は窓が多くていいなあ、と改めて思う。入院していると、季節を感じにくい。窓からの景色だけでも、風情があるほうがいい。

「お食事いかがですか？」

談話室を過ぎて風岡さんの部屋に入る。昼食には、あまり手をつけていない。

「まあまあ、ですね」

風岡さんは苦笑する。体中に癌が転移しており、今のところ痛みは内服でコントロールできているが、倦怠感や食欲不振はずっとある。

「あ、でもゼリー召し上がったんですね」

病気を持っている患者の、心配な点はすぐ目につく。痛み、倦怠感、食欲不振。でも、病気を持ちながらも患者のうまくいっているところを評価することも大切な看護だ。特に完治の見込みのない患者の場合は、良いところを褒めながら少しでも穏やかな時間を過ごしていただきたい。でも、過剰にそのことに反応すると、患者のプレッシャーになることもある。できることを評価しながらも、できなくても問題ないですよ、という姿勢で関わることが大切だ。

「りんご味、おいしかったです」

「それは良かったです」

風岡さんのベッドサイドにいると、時間の流れがゆるやかに感じる。実際、長期療養型病棟は、ほかの多忙な科と比べたらゆったりしているだろう。時間の進み方は一定のはずだけれど、体感は違う。残された時間を受け入れて、一秒一秒を味わうように過ごす風岡さんのまわりには、ゆるやかな時間が流れている。

「お薬、飲みましょうか」

オーバーテーブルに置かれた昼食後の内服薬を確認し、内服を見守る。飲み込みの力はまだあるようだ。会話もしっかりしている。癌の末期は、急速に身体機能が悪化していく。そうなったら一ヵ月はもたない。自分を認識できて、桜をきれいだと感じられて、りんごゼリーを美味しいと感じられる。そのことの貴重さを、感じる。もう少しすれば、そのことも感じられなくなるのだ。

「今日、莉子にゼリー買ってきてもらおうかな」

風岡さんが速水さんの名前をあげる。

「お電話しておきましょうか？」

「いえ、たぶん夕方面会にくるので、そのとき売店に行ってもらいます」

「わかりました」

自分の希望を言える相手がいるのはいいことだ。こういう状況になってしまったとき、意地になってしまったり、反対に気を遣ってしまったりして、自分の思いや希望を言えない人は多い。風岡さんと速水さんのように、どんな状況でも自分の希望を言い合える関係性というのは、好ましいなと思う。

ほっこりと暖かい日が続いている。

速水さんは言った。日勤の午後、面会者の多い時間だった。話したいことがあると言われて、ナースステーションに併設されている面談室に入る。そこで言われた。

「……結婚式をしたいんです」

「その……病室で、簡易的な結婚式って、できますか？」

「結婚式ですか！」

少なくとも、私は働いてから今まで、一度も病棟内で結婚式をやったことはなかった。

「実は、葵が入院する直前に話していたんです。もう二十年以上二人で生きてきたけど、私たちが若かったときは、まだ同性で結婚式なんてできませんでした。でも、最近は女性同士でもやってくれる写真屋さんや結婚式場があるって知って、フォトウェディングだけでもやろうって話していたんです。お互いもうおばさんになっちゃったけど、せっかくだから写真だけでも撮ろうって。葵はとても楽しみにしていました。ウェディングドレス着たいって。でも……まさか葵の病気がこんなに悪いって思っていなかったから、叶わないまま入院になってしまいました」

速水さんは悔しそうに言った。

「まずは、看護師さんと先生に確認しなきゃって。葵に言ってから、やっぱりできませんってことになったら悲しむと思うので」

「そうでしたか……わかりました。私一人では決められませんので、すぐに担当医に確認します。前例がないと思うので、今お答えすることはできませんが、なるべく、風岡さんと速水さんのやりたいことができるよう、掛け合ってみますね」

「……ありがとうございます」

少し切なそうに話す速水さんを見て、これは確実に実施したい看護だ、と心に決めた。

「葵は、自分の病気のことを受け止めて、穏やかに過ごしてくれています。文句も言わないし、あまり泣き言も言いません。もともとの性格もありますが……そのことが、ときどきすごくつらくなるんです」

速水さんが、少しうつむきながら話す。

「もっと早く病院へ連れて行けば良かったとか、どうして検査を受けさせなかったのかとか、私は後悔ばっかりです。葵の前では元気にしていたいんですけど……どうしようもなくつらくなるときがあります。ずっと前の喧嘩した日のことまで思い出して、どうしてあんなこと言っちゃったんだろうとか、急に考えたりするんです。あんなこと言わなければ葵は病気にならなかったんじゃないかとか……そんなわけないのに」

患者自身よりご家族のほうが、受け入れが難しいことはあるだろう。実際、私も千波に残された側の人間だ。先に逝ってしまう人は、あっという間にいなくなってしまう。残された者は、喪失感を抱きながら生きていくしかないのだ。だから、生きているうちは一緒に過ごす時間を大切にする。なるべく、後悔しないように。それをサポートできるのが、一番良い看護だと思う。

「風岡さんは、速水さんの存在にとても感謝していらっしゃると思いますよ。痛みや倦怠感が強いときでも、速水さんが来てくれると風岡さんは嬉しそうになさいます。無理に明るく振舞わなくても、大丈夫だと思います。一緒にご病状を受け入れながら、そばで見守ってさしあげましょうね。私たちもついていますから」

「はい。ありがとうございます」

速水さんは、すっと背筋を伸ばして微笑んだ。泣き言は私に吐き出して、笑顔になってから風岡さんの部屋に行きたかったのかもしれない。

結婚式は、きっと二人の最後の大きな思い出になるだろう。患者のより良い終末にむけて、しっかり向き合って関わりたいと思った。

私は二人が病室で結婚式をやりたいと希望しているむねを担当医に説明し、どうしたら安全に行えるか相談をする。風岡さんの担当医は体の大きなモサッとした男の医者で、第一印象では患者に怖がられることが多いが、実は優しくて患者思いのいい先生だ。

先生は「結婚式……」とつぶやいてから、パソコンで風岡さんのカルテを開いた。

「結婚式……ね。速水さんとの、はい」

最近の風岡さんの状態を確認しているようだった。

「んー……はっきり言うと、風岡さんの治療に関してはもう疼痛コントロールくらいしかできることはありません。僕としては、結婚式を行うことで彼女のＱＯＬが向上するなら、賛成ですね。ご家族の速水さんへのケアにもなります。バイタル管理と、疼痛コントロールだけしっかりしてもらえれば、いいんじゃないでしょうか。あと、疲労と負担を考えると、時間は十五分以内でしたいですね。その程度なら、体への負担もそこまで大きくないでしょうから……」

「ウェディングドレスを着るのは、厳しいですよね」

健康な人でも、ウエストを締め付けたりスカートが重かったりして、ウェディングドレスは大変だと聞いたことがある。風岡さんの体力では、難しいだろう。

「うーん、ドレスか……そうですね。呼吸への負担もかかるので、おすすめはできません」

健康な人なら無意識に行える呼吸だが、病気で体力が弱まっていると、些細な締め付けでも実はけっこう筋力を使い体の負担になるのだ。

「わかりました。ありがとうございます。具体的なことが決まったらまた相談させてください」

十五分以内で、という担当医の許可は得られた。次は、師長と主任に相談だ。香坂師長のねっちりとした視線を思い浮かべ、まずは今日夜勤でくる御子柴主任に相談しようと思った。

「結婚式ですか」

主任は目を優しく細めて「いいですね」と言った。

「先生の許可はおりました。十五分以内で、風岡さんに負担のないやり方で、実施できればと思っています。ドレスは着られませんけど、体にかけるようにして着ているような感覚を持つことはできるんじゃないかと思うんです」

「そうですね。少しベッドをギャッチアップして、楽な姿勢をとっていただいて……それならできると思います。夜勤明けで明日師長さんに会いますので、僕から相談しておきましょう。あと、院内での写真撮影は基本的に禁止ですが、風岡さんは個室ですから、その日だけでも写真を撮れるかどうか、師長さんに確認しておきますね」

「ありがとうございます。よろしくお願いします」

主任は賛成してくれた。師長の許可がおりれば、実施できる。安全に行うためにも、しっかり看護計画を立てておこう。

看護計画は、観察計画、援助計画、教育計画の三つに分かれる。観察計画は、その看護を実施するにあたり観察しなければならないこと。援助計画は、実施する行為のこと。教育計画は、看護実施にあたり患者に教育するべきこと。この大きな三つにわけて計画を立てる。

バイタルサイン、酸素飽和度、顔色、表情、姿勢、など観察計画を立てていく。とにかく、風岡さんにとって楽しい時間にならないとやる意味がない。苦痛を全て取り除くことは無理だけれど、苦痛が上回っていてはいけない。

援助計画として、前後のバイタルサインの測定、ギャッチアップ、患者に負担のない姿勢の保持、結婚式の実施（ドレスの用意、誓いの言葉、指輪の交換）、片付け、実施後の患者観察、必要時ドクターコール。バイタルサインの測定から片付けを終えて風岡さんが横になれるまでを十五分以内とする。教育計画には、些細な苦痛でもすぐに看護師に伝えるように、とした。

自分の勤務と、ほかの患者の看護スケジュール、師長と主任がいる日で、何かあった場合に備えて担当医が一日中病棟にいる日……それをいくつかピックアップする。速水さんに伝えて、都合のいい日を聞こう。

「卯月（うづき）さん、帰らないのですか？」

夜勤で働いている途中の御子柴主任が声をかけてくる。私は日勤の引き継ぎが終わってから、パソコンに向かって看護計画の立案をしていた。気付いたらもうほかの日勤者は全員帰っていた。十九時を過ぎている。

「あ、もうこんな時間でしたか。帰ります」

「はい。お気を付けて」

御子柴さんに挨拶をして病棟を出る。きっといい結婚式にしよう。


翌日、出勤のために家を出る。病院前の桜がそよかぜに揺れて、ひらひらと花びらが舞って、数枚落ちていく。着替えてから病棟へ行くと、香坂師長が私のところへ来た。

「卯月さん、風岡さんの結婚式のこと、聞きました」

何を言われるか、と緊張する。ここでダメと言われたら、速水さんに謝らなくてはならない。

「はい」

「安全に配慮し、患者さまのためにぜひやってください」

香坂師長が、口角をあげてすっと微笑んだ。

「あなたの、患者さまの気持ちに最大限寄り添う姿勢はとても素晴らしいところよ。安全安楽に気を付けながら、患者さまに良い時間を提供しましょう。結婚式、私も参列するわ」

　はあーと息が出る。

「ありがとうございます」

「写真に関しては病院全体の決まりだから看護部長に相談したのだけれど、その日の二人だけを撮影するのなら、という条件で許可されたわ。くれぐれもほかの患者さまやご家族さまがうつらないように配慮してください。良い日にしましょうね」

「ありがとうございます」

　香坂師長は、厳しくてヒステリックなところはあるけれど、やっぱり看護師として患者とご家族のことを何より考えている人なんだと思った。看護部長は病院の看護師のトップだ。そんな人にまで掛け合ってくれて、感謝の気持ちがこみあげる。

　私は、さっそく速水さんに電話をかけた。仕事中かと思ったが、早く知らせたいと思った。

「速水です」

　声が少し緊張している。病院からの電話は良くない知らせのこともあるから、怖がらせてしまったかもしれない。

「青葉(あおば)総合病院の看護師、卯月と申します」

「あ、卯月さん」

　声が少し和らぐ。緊急性の高い電話はだいたい医者がかけるから、私からと知って少し安心してくれたらいい。

「結婚式のことですが、先生と病棟の両方の許可がでましたので、ぜひやりましょう」

「本当ですか！　あ、ありがとうございます」

速水さんは、大きな声を出したあとで、仕事場にいるのか慌てた様子で声をひそめる。

「風岡さんのご負担を考えると、十五分以内がいいということでした。ドレスを着ることは難しいので、上から羽織るようにして着ている気持ちを味わってもらいましょう。写真も、お二人だけを撮影するなら、と許可がでました」

「ありがとうございます。今日の面会のときにレンタル衣装のカタログ持っていきます」

「はい。それでお日にちを決めたいのですが」

私は、病棟側の都合の良い日をいくつか伝える。速水さんは、仕事の都合にあわせて日にちの検討をしてくれることになった。

「では、また相談しましょうね」

「はい。よろしくお願いします」

速水さんの声は、電話越しでもウキウキして聞こえた。患者と家族の嬉しい気持ち、それが看護師にとっての一番の喜びだと改めて思った。

チェーン店の居酒屋は、ごちゃっとしている。貸し切りの座敷席に病棟の看護師とヘルパーさんたちが二十人以上集まって、わちゃわちゃとおしゃべりをしている。今日は年度末で異動になる職員たちの送別会だ。看護師では、透子(とうこ)さんがＩＣＵに異動することになった。本人はオペ室かＩＣＵへの異動を希望しており、ＩＣＵでちょうど退職する人がいるらしく、看護師が足りなくなったそうだ。あと、ヘルパーさんが三人、外来と他病棟への異動となった。

「はい。じゃあ、とりあえずみなさん、乾杯しましょう～」

御子柴主任がビールのジョッキを持ち上げて、みんなに声をかける。それぞれのテーブルでガチャガチャとグラスの音がして、みんなが飲み物を持った。

「今日は、送別会です。新年度から新しい場所で働く方々のますますのご活躍を願って、乾杯！」

乾杯、とみんなが口々に言い合い、飲み始める。私もビールを飲んだ。よく冷えていて美味しい。

「透子さん異動しちゃうの、めちゃくちゃ寂しいです～」

隣に座っている山吹(やまぶき)が話しかけてくる。

「そうだね。私も寂しい」

「長期療養が合わなかったんですかね」

「うーん、どうだろうね。でも、嫌だったわけじゃないんじゃない？　嫌だったら去年辞めてるでしょ」

「そうですよね。透子さん患者さんのことすごく考えていますし、私尊敬しているんですよ」

「私も尊敬してる。希望した異動なんだから、応援してあげようよ」

「そうですね。寂しいけど、応援します。ＩＣＵに行くってことは、しばらくは結婚しないんですかね」

山吹が枝豆を口に放る。

「そうだね。もう少し仕事に生きるんじゃない？」

「それか、結婚しても子供できても、ＩＣＵでバリバリ働いてほしい気もしますね」

なぜか、絶対にありえないのだけれど、背中に赤ちゃんをおんぶしながらＩＣＵで働く透子さんが目に浮かんだ。

「そうだね。そういえば、病院に保育所できるかもって話を聞いたな。保育所ができれば、ママになった人ももっと働きやすくなるかもしれないね」

「私は、その前に彼氏探さなきゃです～」

働きながら子供を育てるのは容易ではないのだろう。でも、自分の仕事を諦めることなく、育児と両立できるような環境が少しでも整えばいいなと思う。

異動は寂しいけれど、新年度までにみんなでまたよっちゃん寿司でも行こうと思う。それに、異動しても病院は同じなのだ。いつでも、予定を合わせて会うことはできる。ＩＣＵの看護の話も聞きたい。畑違いの科の話を聞くのは、いつでも刺激になるし、勉強になる。

「じゃあ、異動になる神原透子さん、一言お願いします」

主任に指名されて、師長の近くに座っていた透子さんが「え、やだ。そういうの、いいです」となかなか立ち上がらずごねていたが、両隣の看護師に立たされてモジモジしながら話し出した。

「えっと、二年間だけでしたが、お世話になりました。四月からＩＣＵに異動になります」

そこでいったん言葉を切って、透子さんは一つ息を吐いた。そして顔をあげて、続ける。

「オペ室にいた頃、患者さんが亡くなることは、負けだと思っていました」

透子さんの言葉に、座敷がしんと静まった。

「だから、絶対に死なないように手を尽くす。先生たちも私たち看護師も、闘いを挑むような気持ちで仕事をしていました。それでも、亡くなる方はいらっしゃった。私はそれを、負けだと思っていました。闘いに負けた、と。でも、長期療養型病棟にきてから、そうじゃない死を見るようになりました。ゆっくりと時間をかけて、患者さんもご家族も先生も看護師も、みんなで寄り添いながら迎える死です。そこでは、お看取りをしながら涙を流すことも、ご家族と一緒に患者さんの生きてきた余韻に浸ることもできました。それは、私の知っている死とは違いました。負けではありませんでした」

みんなが透子さんに注目している。

「では、私が今までオペ室で見てきた死は、本当に負けだったのでしょうか。患者さんも頑張って、ご家族も必死に祈って、先生たちも何時間もぶっ通しで執刀して、私たち看護師も最善を尽くして、それでも救えなかった患者さんの死を、負けの一言で片付けていいのか、疑問を持つようになりました。もちろん最優先すべきは救命です。手術が成功して患者さんが回復するのが一番いいことです。でも、その過程で患者さんやご家族の人間性や個別性に寄り添うことの大切さが、負けとは別のところにあるのではないかと考えるようになりました。じゃあ、負けじゃないなら何なのか。自分の中でも、まだ答えは出ていません。それを確かめたくて、また急性期に挑戦したくなりました」

透子さんは、少し唇を噛んでから、すーっと息を吸った。

「長期療養で学んだ素晴らしい看護を、急性期でも活かせるように頑張りたいと思います。本当にありがとうございました！」

透子さんは深く頭を下げた。

沈黙がみんなを覆っていた。みんな、自分が経験してきた患者の死を思い出しているのだと思った。その沈黙を破るようにパチパチと拍手が始まり、しだいに座敷は大きな拍手に包まれた。

透子さんは顔をあげて、少し照れくさそうに笑った。

日勤に来ると、病棟が少し慌ただしかった。夜勤の看護師たちの動きがバタバタしている。何かあったのかな、と思いながらカルテを確認すると、風岡さんに酸素の投与が始まっていた。記録を読むと、呼吸苦が強くなって、血中の酸素飽和度が低下したらしい。その管理のために、いつもより忙しないようだ。

引き継ぎを受けて、風岡さんの部屋へ行く。ベッドに横になって、目を閉じている。鼻にカニューレをつけて、酸素が投与されている。酸素飽和度は95%だから、安定した値だ。私は酸素の投与量を指示書と照らし合わせて確認し、血圧や体温を測るために、声をかける。

「風岡さん、日勤の卯月です。検温しますよ」

風岡さんは薄く目を開ける。眠ってはいなかったようだ。

「おはようございます。よろしくお願いします」

私の声かけに、小さくうなずいた。体が一段と細くなったように見える。

「痛みはどうですか?」

ゆっくり首を振る。

「呼吸は?」

「大丈夫」

声に力がないと思った。血圧と体温は大丈夫だったけれど、ここから一気に体が弱っていくことが考えられる。速水さんが指定した結婚式の日程まで一週間ある。それまで、風岡さんの意識がもつだろうか。

ナースステーションに戻って担当医に確認する。

「来週ですよね。うーん……なんとも言えないですけど、早いなら早いほうがいいと思います」

「そうですよね。速水さんに確認します」

結婚式の予定を早めたいと伝えることは、風岡さんに残された時間が少ないということを伝えることになる。急がないと間に合わない、ということだ。でも、実施できないより、しっかり伝えて受け入れていただいて、患者とご家族のより良い時間が過ごせるほうがいいと思った。

速水さんに電話をする。酸素投与が開始されたことは知らされていたから、結婚式の予定を早めることもすぐに了承してくれた。

「明日なら、会社を休めます。職場には葵のこと話してありますし、急な休みも許してもらえます。レンタル衣装の受け取りもうできていますし、明日でよろしいでしょうか」

「こちらは大丈夫です。では、明日の面会開始時間、十四時からにしましょうか」

「はい。よろしくお願いいたします」

電話を切って、一つ息を吐いた。どうか明日まで、風岡さんの意識がしっかりしていますように。そう祈りながら、今日も一日安全に過ごせるよう努めようと思った。


コンビニのホットスナックコーナーで、からあげを買って帰る。

「ただいま」

写真の千波に声をかけて、ダウンを脱ぐ。はあーと言いながらソファに寝転んだ。

「明日、っていうか、今夜も……大丈夫かなあ」

思わず弱音を吐く。写真の千波は、相変わらず優しく笑っている。千波がドレスを着るとしたら、どんなデザインが似合うだろうか、とふと考える。ふんわりしたものもかわいいけれど、シンプルでタイトなのもいいだろう。

もう叶わぬ願いだけれど……きっときれいだろうな、とその姿が目に浮かぶようで、寂しさと愛しさが同時に込み上げる。

「無事に結婚式できるように、千波も願っててね」

よっこらしょ、と勢いをつけて体を起こした。からあげが冷めないうちに夕飯にしよう。私が元気じゃなければ、良い看護はできない。

翌日、日勤に来て、まず夜勤の看護師の動きを見て少しホッとする。いつも以上の慌ただしさはなさそうだ。カルテを確認する。風岡さんの意識が保たれていることに安心した。十四時まで無理がないように過ごしていただこう。

「今日、風岡さん結婚式だよね。すごく楽しみにしているみたい」

夜勤からの引き継ぎのとき透子さんに言われた。

「こういう看護は、やっぱり長期療養の良さだなって思うよね」

「そうですね。良さでもあり、切なさでもあります」

「ほんと……その通りね」

透子さんは、風岡さんの部屋のほうを見てうなずいた。

日勤の挨拶に行くと、風岡さんは最近では珍しくベッドを少しギャッチアップして体を起こしていた。

「おはようございます。日勤の卯月です」

「卯月さん、おはようございます」

「体起こしていて疲れませんか？」

風岡さんは、少し恥ずかしそうに微笑んだ。

「今日、莉子が結婚式をしてくれるっていうのが、嬉しくて嬉しくて。遠足の前の日の子供みたいに、そわそわしちゃっているんです」

私もつられて微笑む。

「良かったですね。結婚式は十四時なので、それまでは横になっていたほうがいいんじゃありませんか？」

検温しながら、私は言う。

「そうですよね。疲れちゃいますよね。ちょっと横になろうかな」

風岡さんの声に張りはないが、明らかに嬉しそうに見える。私はゆっくりと風岡さんのベッドを平らにした。血圧、体温、血中の酸素飽和度など、大きな変化はない。のんびり過ごしていただき、このまま結婚式を迎えられるように願うしかない。

風岡さんは、昼食のお粥をいつもより少し多めに食べた。

「食べられましたね」

私の声かけに「今日くらいはパワー出さなきゃ」とまた少しはにかんで答えた。顔色はあまり良くない。午後の時間が流れるのが遅いと感じた。早く、このまま風岡さんが安定しているうちに、十四時になってほしい。バイタル測定や、ほかの患者のオムツ交換、トイレ介助、点滴交換など午後のケアもあるから結婚式のことばかり考えてはいられないけれど、気になって仕方なかった。

やっと十四時になり、面会時間になった。時間通りに速水さんがナースステーションへ来る。

「卯月さん、今日はよろしくお願いします。葵はどうですか？」

「こんにちは。風岡さん、安定していますよ。とても楽しみにしていらっしゃいます」

「良かったです。じゃ、ちょっと着替えてきます」

そう言って荷物を持ってトイレへ行った。数分で、シルバーのタキシードを着た速水さんがナースステーションへやってきた。全身から幸福の予感が溢れている。きらきらしていてきれいだ。

「速水さん！」

私は思わず声をあげる。

「どうでしょう」

きりっと結わえたポニーテールに、タキシードがよく似合っている。

「とっても似合っています！」

ナースステーション内から看護師たちが集まってくる。みんな口々に速水さんを褒める。

「いや、ちょっと恥ずかしいですね」

照れながらも、速水さんは嬉しそうだ。私は担当医と師長、主任に声をかけ、風岡さんの部屋へ向かった。結婚式の始まりだ。

「風岡さん、速水さんいらっしゃいましたよ！」

部屋へ行くと、風岡さんは目を輝かせて速水さんを出迎えた。

「莉子！」

「どう？」

「すっごく素敵！　きれい！　似合ってる！」

風岡さんは、頬を少し紅潮させて喜んだ。私は酸素飽和度と血圧をはかり、ベッドをギャッチアップする。時間を確認する。十四時五分だから、十四時二十分までには終わらせたい。

「ご気分悪くないですか？」

「ええ、大丈夫です。すごく良いくらい」

「良かったです」

速水さんが大きな鞄からふんわりとしたレースのウェディングドレスを取り出した。

「わあ、きれい」

風岡さんがはしゃいだ声を出す。私は速水さんと協力して風岡さんの体にドレスを載せていく。寒くない程度に掛け布団をはいで、ドレスを着ているような感覚が持てるように体にそわせていく。

「寒くないですか？」

「はい。大丈夫です」

速水さんは鞄からティアラを取りだした。そして、そっと風岡さんの頭に載せる。

「かわいい。似合っているよ」

「ふふ。ありがとう」

私はナースステーションから持ってきた大きめの手鏡を風岡さんに渡す。

「わあ……」

感嘆の声をあげて、風岡さんは鏡を見つめた。

「すごく似合っていますよ」

褒めると、はにかんで微笑んだ。

そこへ、担当医と師長と主任が入ってくる。

「おっ！　風岡さん、おきれいです」

モサッとした担当医は、白衣を脱いでスーツ姿になっている。今日の牧師役だ。

「本当に！　とっても素敵です！　あと、これを少しだけ」

香坂師長が、薬用の色付きリップを風岡さんの唇に塗った。唇に少し色がつくだけで、血色良く見えるし、ぐっと華やぐ。さすが師長だ、と改めて思った。

「お二人とも、素敵です。おめでとうございます」

御子柴主任は静かに言って、頭を下げた。

速水さんが、風岡さんのベッドの真横に立つ。二人の前に先生が立つ。結婚式の始まりだ。

「では、これから風岡葵さんと速水莉子さんの結婚式を執り行います」

先生がおごそかな声で話し出す。一度咳払いをして背筋を伸ばす。

「新婦、速水莉子は病めるときも健やかなるときも、風岡葵のことを愛することを誓いますか？」

「はい。誓います」

速水さんが力強く答えた。病めるときも健やかなるときも。結婚式のときによく聞くフレーズだ。速水さんは、本当に風岡さんが病んでしまってからも愛し続けている。この言葉が、こんなに強く説得力を持つ結婚式を、私は知らなかった。

「新婦、風岡葵は病めるときも健やかなるときも、速水莉子のことを愛することを誓いますか？」

「はい。誓います」

風岡さんの声に張りがあった。入院してから、一番大きな声だった。病気で臥せっていてもこんなに喜びを感じられる瞬間はあるのだ、と看護の希望を見た気がした。

「では、指輪の交換をどうぞ」

先生の声が心なしか震えている。師長が、新婦二人に指輪を渡す。速水さんが少し屈んで、風岡さんの指に指輪を通した。風岡さんも、速水さんの指に指輪を通す。

「二人の末永い幸せを願って、この二人を夫婦としてここに認めます」

先生が言い終えると、私と師長と主任で拍手をした。速水さんは風岡さんの頭を優しく抱き寄せて、髪にキスをした。私は時計を見る。十四時十五分。風岡さんの顔色も悪くない。

「じゃ、お写真撮りますね」

私は、速水さんから預かっていたスマートフォンを二人に向ける。姿勢を整えた二人、顔を寄せた二人、指輪をこちらに向けた二人、私は何枚も写真を撮った。

「お二人ともとってもきれいです」

私の言葉に、風岡さんが顔を伏せた。さすがに疲れたか、と心配したが風岡さんはゆっくり顔をあげた。

「ありがとうございます。私……幸せです」

風岡さんの目に涙がいっぱいたまっていた。それが溢れて、痩せた頰を伝う。

「莉子、本当にありがとう。私、病気になっちゃってごめんね」

「いいんだよ。これでもう正真正銘の夫婦だ。ずっと一緒だよ」

うふふっと風岡さんが声をもらす。

「卯月さんも、先生も、師長さんも主任さんも、本当にありがとうございました。私は幸せものです」

風岡さんは嬉しそうにしながら泣いていた。入院してから、泣いている姿を見たのは初めてだった。速水さんがタオルを渡してあげている。もっとずっと、速水さんと一緒にいたかっただろうな、と胸が締め付けられる。私も、千波と一緒にいたかった。でも、私の中に千波はまだ一緒にいる。写真に話しかければいつでもそばに感じられる。今日の二人を見て、死が二人を別つときがきても、きっと気持ちは変わらないのだろうと思えた。心の中にいる大切な人を想いながら、しっかり生きていく。それが、残された人にできることなんだ。

ドレスを片付けて、ベッドを平らにする。体を起こしていたことと、感情の高揚で疲れたのだろう。風岡さんはすぐに横になった。血圧や体温、血中の酸素飽和度は安定している。私は大きく一つ息を吐いた。良かった、無事に終わった。

速水さんはトイレでタキシードから普段着に着替えて戻ってきた。ベッドサイドに座って、静かに風岡さんのことを見つめている。

「卯月さん、今日は本当にありがとうございました」

声は穏やかで静かだ。

「素敵でしたよ。感動しました」

「私も、泣きそうでした。最初、結婚式の提案をするとき、非常識なんじゃないかって思って、やめようと思ったんです。でも、やらないと後悔する気がして……。だから、無理を承知でお願いしてみたんです。やっていただいて本当に良かったです。葵も嬉しそうだったし、私も本当に幸せです」

風岡さんは眠ったようだった。浅い呼吸が、痩せた胸を上下させている。速水さんが、風岡さんの手をそっと握る。私は、そんな二人を眺めて、心の奥から切なさと喜びの混じった何とも言えない感情が湧き出していた。

「私たちにできることは限られていますから……。患者さまとご家族の希望を少しでも叶えられるなら、私たちも嬉しいです」

速水さんは、優しく微笑んだ。私は、部屋をあとにした。

やっぱり私は現場で看護をしていたい。その決意がより強く固まった。

ほかの業務も全て終えて、残業なしで日勤を終えた。引き継ぎで結婚式のことを話すと、夜勤の山吹が涙ぐんでいた。

「無事にできたんですね。良かった。風岡さん、本当に楽しみにしていましたから」

誰から見ても、風岡さんは今日を楽しみにしていたのだ。無事に終わって本当に良かった。

引き継ぎを終えて、休憩室にバッグを取りに行くと、御子柴主任がいた。

「御子柴さん、今日は本当にありがとうございました」

「お疲れ様です。本当に、良い看護でしたね」

「はい。無事に結婚式できて良かったです。ホッとしました」

主任が少し間を開けてから、話し出す。

「卯月さん……二年前、休職したときのことを覚えていますか？」

「あ……はい。覚えています」

千波が事故で亡くなって、ショックを受けている私に主任は休職を勧めてくれて、二週間仕事を休んでいた。

「あのとき、僕はもう卯月さんは現場に戻ってこないかもしれないと思いました。そのくらいつらそうでしたし、つらいなら辞めるのも仕方ないと思っていました」

「そうだったんですか」

「はい。でも、卯月さんは戻ってきました。真面目で頑張り屋だから、無理をしていないか、師長もいつも気にかけていました」

そんな風に思ってもらっていたなんて、気付いていなかった。

「師長さんまで」

「そうですよ。……卯月さん」

主任がまっすぐに私を見る。

「つらいこともあったと思いますが、本当に素晴らしい看護師に成長しましたね」

春の風が胸にすーっと吹き込んだように思った。心地よい、暖かい光に照らされたようだった。そうか。私は、ちゃんと看護師として成長できていたんだ。

「あ……ありがとうございます」

「これからもよろしくお願いしますね」

そう言って、主任は微笑んだ。

「こちらこそ、よろしくお願いします」

私は頭を下げた。

「じゃあ、今日もお疲れ様でした。お気を付けてお帰りくださいね」

主任は休憩室を出ていった。私の体は、すーっと吹き込んできた春風に温められたままだった。一人でしばらく立ち尽くした。嬉しかった。自分が成長できていることを認めてもらえて、嬉しかった。千波も、きっと喜んでくれる。胸を張って、私頑張ってるよと報告できる。

そこで、私はふっと思い出した。そうだ。風岡さんの「思い残し」はどうしただろう。

すっかり忘れていた。私は休憩室を出て、何気なく風岡さんの部屋をのぞく。「思い残し」はもういなかった。でも、いつまでいて、いつからいなくなっていたのか、まったく気付かなかった。気付かないまま私は風岡さんの看護をしていた。

そうか。これで良かったんだ。

千波を失った悲しみから、少し逃げ場をくれた「思い残し」。でも、「思い残し」があってもなくても、私はしっかり看護ができるようになった。千波のことを心に抱きながらも、目の前の患者により良い看護を提供できるようになった。

着替えて外に出ると、生命の息吹に満ちた春の暖かい風が、気持ち良かった。通りの桜が満開を迎え、花びらがちらちらと舞っている。それはこのうえなく、きれいだった。

暖かい陽気が続いている。数日経ったお昼休み、休憩室へ入ると山吹が真面目な顔をして本を読んでいる。隣で浅桜もその本をのぞいている。

「どうしたの、二人とも難しい顔して」

山吹と浅桜は本から顔をあげる。二人そろって、顔が険しい。

「卯月さん、四月から新人が二人来るんですって!」

山吹が、いかにも重要そうに言う。

「ああ、そうなんだ」

「だから……これ！」

そう言って見せてきた本の表紙には【プリセプターの基本 ～プリ子と仲良く学ぶには～】と書いてあった。

「ああ！　山吹もプリセプターやるのか」

「そうなんです！　浅桜さんと私が次年度のプリセプターなんです～」

浅桜は本木のプリセプターをしていたが、夏までで終わりになってしまった。

「私、また本木さんのときみたいにうまくいかないんじゃないかって心配で」

浅桜は眉根を寄せて肩を落とした。師長や主任は、浅桜の自信回復のためにも、もう一度プリセプターに挑戦させるのだろう。

「大丈夫だよ。浅桜は本木のときだってちゃんとできていたよ。それに、本木も北海道で元気にしているらしいじゃん？」

そういえば、本木から最近ラインがきた。

「あ、そうなんですよ！　私ちょっとホッとしました」

浅桜にも連絡は来ているらしい。本木は、夏に病棟を辞めてから、北海道の実家に帰っていた。それからしばらくは休んでいたらしいが、新年度から近所のクリニックで働くことになったそうだ。

「本木は、仕事はできるし真面目だし、きっとうまくいくって」

「そうですね。無理しないように、頑張ってほしいです」

「そんなことより、私がプリセプターなんかできるのかって話ですよ！」

山吹が本をテーブルに伏せて、両手で自分の頬を包んだ。ふっくらと白い頬がぎゅっとおさえられて唇がにゅっと前へ突き出ている。

「山吹は山吹らしくやればいいんだよ」

本木に直球で注意していた山吹だが、自分がプリセプターになるとしたら、教え方や言い方の一つ一つにも気を遣うことになるだろう。それがまた、山吹をきっと成長させる。

「大丈夫だよ、山吹さん。一緒に頑張ろう！」

「はい。よろしくお願いします～」

浅桜と山吹は二人でまた本を読み始めた。私は昼食のおにぎりとお茶をテーブルに置いて座る。

「卯月さんは、六年目の目標ってどうするんですか？」

山吹が本から顔をあげて私を見る。

「そうだなあ。専門か認定をとろうかと考え中」

「おおお！」

山吹が声をあげ、浅桜も顔をあげた。

「スペシャリストですね！　めっちゃ合いそうです！」

「そうかな。まだどっちにしようか考えているんだけどね。今年は、どちらかを取得する方向を考えながら勉強しようかな、と」

「すごいです。私も頑張ろう」

浅桜が両手を握って気合を入れるようなポーズをとった。

「思い残し」の視えなくなった病棟で、私の六年目がもうすぐ始まる。それはきっと、今まで以上に充実したものになるのだろう。誰もが何かを思い残しているのかもしれない。その可能性に寄り添って、より良い看護を提供しよう。窓の外は、春の光に満ちている。

あとがき

『ナースの卯月に視えるもの』をお手にとっていただき、ありがとうございます。私は二〇二〇年からnoteで小説を発表し始めました。その後「創作大賞2023」に応募した本作が「別冊文藝春秋賞」を受賞、大幅に加筆し、このたび刊行に至りました。

私は、二十代から三十代にかけて十三年ほど看護師として働いていました。初めて患者さんの死と向き合ったのは、看護学生のときです。看護学部では座学のほかに病院実習があり、学生は一人ずつ患者さんを担当し、日々関わりながら学びを深めます。

ある日病院に行くと、実習担当の看護師さんが私たち学生を集めました。

「つらいことをお知らせするけど、〇〇さんが昨日の夜に急変して、亡くなりました」

それは私の担当患者さんでした。昨日まで一緒に過ごしていた患者さんが、今日にはもういない。亡くなる可能性がゼロではないことを頭では理解していたはずなのに、あまりにもショックで、その場でボロボロ泣きました。もう私にできることは何もないと打ちのめされました。もう二十年以上前のことですが、そのとき感じた痛みは今でも鮮明に覚えています。一人前の看護師になってからも、患者さんが亡くなるたびにやるせなくて、心が深く沈みました。何度経験しても悲しみに慣れることはなく、慣れてはいけないとも思っていました。だからこそ、患者さんの望みやＱＯＬを大事にして看護しようと決めていました。いつ最後の別れになるかなんて、誰にもわからないのですから。

退職後も、あの十三年間、患者さんの死と常に隣り合わせだった日々の記憶は、心にくっきりと残っていました。そしていつしか、看護師を主人公にした小説を書きたいという気持ちが抑えきれなくなっていました。看護師たちが一人の人間として、何を思い、喜び、憂いているのか、表現したい。その一心で本作を書き始めました。主人公・卯月咲笑は、患者の「思い残しているもの」を視ることができる能力を持っています。「思い残し」が卯月の前に現れるのは、患者が死を意識したとき。このような不思議な設定にしたのは、私が看護学生時代に初めて向き合った患者さんの死を、いまだに忘れられないからかもしれません。私が知らないうちにあっという間に亡くなってしまったあの人は、最期に何を思っていたのか、汲み取りきれなかった思いを今なお知りたい。そういう気持ちが小説に滲み出ている気がしています。

右も左もわからない私に懇切丁寧に関わってくださった担当編集の方々、物語の世界にぴったりの素敵な表紙を描いてくださったイラストレーターのかないさん、デザイナーの野中深雪さん、そして選考の段階から本作品を推薦してくださり、改稿時にも支えてくださった作家の新川帆立さんに感謝申し上げます。ありがとうございました。

文春文庫

ナースの卯月(うづき)に視(み)えるもの

定価はカバーに
表示してあります

2024年5月10日　第1刷
2024年12月5日　第8刷

著　者　秋谷(あきや)りんこ
発行者　大沼貴之
発行所　株式会社　文藝春秋

東京都千代田区紀尾井町 3-23　〒102-8008
TEL　03・3265・1211(代)
文藝春秋ホームページ　https://www.bunshun.co.jp

落丁、乱丁本は、お手数ですが小社製作部宛お送り下さい。送料小社負担でお取替致します。

印刷製本・大日本印刷

Printed in Japan
ISBN978-4-16-792219-1